Der Tod des Philosophen

Hinweis:

Der Roman ist erstmal 2013 unter dem Titel „Die Wahrheit steht zwischen den Seiten" erschienen, war längere Zeit vergriffen und ist nun wieder erhältlich.

Annette Warsönke

Juristin, Autorin von Steuerlehrbüchern, Dozentin, freie Lektorin (ADB).

Der Schritt von der Juristin zur Kriminalautorin war für sie eine logische Konsequenz aus ihrer Arbeit, die oft Spürsinn erfordert und Abgründe zeigt. Was sie liebt und mit Leidenschaft betreibt, ist, die Dinge schreibend zum Leben zu erwecken. So entstand die Idee, einen Gegenstand, der mit der Entstehung von Kriminalromanen eng verbunden ist, zur Protagonistin ihres Krimis „Der Tod des Philosophen" zu machen.

www.typewriter-athene.de

Typewriter Athene

Schreibmaschine mit bewegter Vergangenheit, die Stoff für einen Kriminalroman liefert.

Annette Warsönke

Typewriter Athene

Der Tod des Philosophen

Bibliografische Information der Deutschen Nationalbibliothek:
Die Deutsche Nationalbibliothek verzeichnet diese Publikation in der Deutschen Nationalbibliografie; detaillierte bibliografische Daten sind im Internet über http://dnb.dnb.de abrufbar.

Text und Cover:
© 2016: Annette Warsönke
c/o Papyrus Autoren-Club
Pettenkoferstr. 16-18 - 10247 Berlin
Tel.: 030 / 49997373
E-Mail-Adresse: typewriterathene@gmail.com

Lektorat:
Anja Rieser (freie Lektorin ADM)

Herstellung und Verlag:
BoD – Books on Demand, Norderstedt

ISBN: 978-3-7412-7668-2

Der Mensch ist das Maß aller Dinge.
Der Seienden, dass sie sind,
und der nicht Seienden, dass sie nicht sind.

(Satz des Protagoras in Platon, Dialog des Theaietos 152a)

Für dich war ich Athene, deine Muse,
die Schreiberin deiner Ideen –
für andere bin ich nur eine ganz gewöhnliche,
alte Schreibmaschine.

(Typewriter Athene)

1. Teil

DER DOKTOR

NAME DES TOTEN: JANUS LILIENSTEIN

Die Finger des Doktors hämmerten auf die Tasten der alten Schreibmaschine, deren Hebel mit jedem Anschlag mehr zu ächzen schienen.

TODESURSACHE: HERZVERSAGEN, NATÜRLICHER TOD, KEINE FREMDEINWIRKUNG

Er lehnte sich in dem kühlen Ledersessel zurück und fixierte das Porträt des Verstorbenen, das über der Eingangstür hing. Seine Pupillen lieferten sich mit den durchdringenden Augen seines Gegenübers ein ungleiches Kräftemessen, das der Doktor schließlich mit einem Wimpernschlag beendete.

„Ja, das war´s dann wohl, alter Junge. Du hattest ein langes Leben, und das ist nun zu Ende. Du warst bei allen beliebt, oder zumindest geachtet. Da kommt nur ein natürlicher Tod infrage – im eigenen Bett friedlich entschlafen."

WOHNORT: ...

Der Arzt ließ seine Blicke über die Reihen lederner Buchrücken schweifen, die sich bis zur Decke erstreckten und im Sonnenlicht golden schimmerten.

„Hier hast du unzählige Stunden verbracht. Deine papierenen Weggefährten verharren noch immer auf deinem Schreibtisch aus wohlpoliertem Eichenholz. Shakespeares Hamlet und Macbeth, deine Lieblingsdramen. Und natürlich der alte Platon."

Er nahm das Buch des griechischen Philosophen zur Hand und öffnete es an der eingemerkten Stelle: *Der Mensch ist das Maß aller Dinge.* Ja, das war dein Herzenssatz, dein Lebensmotto, könnte man sagen."

Er füllte die restlichen Zeilen des Fragebogens aus, dann drehte er an der Walze der Schreibmaschine, die knirschend das Formular freigab.

„Ja, der Totenschein deines Herrn und Meisters war wohl dein letzter Auftrag. Gestern noch sein behüteter und wohlgepflegter Augapfel, morgen schon einer ungewissen Zukunft entgegen. Mechanische Schreibgeräte sind ein Luxus der Alten, die an der Vergangenheit hängen. Jetzt wird deine Zeit bald abgelaufen sein, so wie die Seine. Und auch meine Mission hier ist schon fast beendet."

Er unterschrieb das Formular, packte es in seine abgegriffene Arzttasche und ließ die rostige Schnalle zuschnappen.

Dann erhob er sich und ließ seine Finger wie zum Abschied über die abgeschabten Tasten der Schreibmaschine gleiten.

„Vergiss nie den Satz, den Hamlets treuer Weggefährte sagte:

Der Rest ist Schweigen."

ATHENE

Ich konnte es nicht glauben. Es war, als wäre ich in ein tiefes, schwarzes Loch gefallen. Dunkelheit umgab mich, hielt mich gefangen, ohne Aussicht, jemals wieder das Licht der Sonne zu erblicken.

Düsternis beherrschte mein Denken. *Warum bist du von mir gegangen, hast mich verlassen, im Stich gelassen, auf dieser Welt allein zurückgelassen?*

Ohne dich bin ich nichts, habe keine Identität, keine Aufgabe, keinen Sinn. Du warst der wichtigste Teil meines Seins, was bin ich ohne dich? Nur eine leere Hülle ohne eigenes Leben ...

Du warst für mich der wundervollste Mensch, deine Gedanken ein Quell der Erfüllung meiner einsamen Tage.

Ich war hin und her gerissen zwischen kalter, dumpfer Trauer und heißer, stechender Wut.

Trauer über Janus` Weggang und Wut über den Doktor, über sein Reden und sein Tun – oder besser gesagt Nicht-Tun.

Keine Fremdeinwirkung. Wenn es nicht so tragisch wäre, müsste ich lachen. *Herzversagen? Du warst kerngesund, nichts deutete darauf hin. Und ihm genügte sicherlich ein kurzer Blick auf dich. Nur nicht zu viel nachdenken, das war schon immer seine Devise.*

Und wie er von deinen Büchern gesprochen hat, der Unwissende. Für ihn waren sie nur beschriebene Blätter in einem Einband, die er zwar gerne mal las, jedoch ohne den Sinn dahinter zu verstehen.

Wie anders bist du gewesen. Nie werde ich die Stunden vergessen, die wir beide zusammen mit ihnen verbracht haben. Du hast mir mit deinen erfahrenen Händen ihre Bedeutung erklärt. Wie ich deine gefühlvollen Berührungen geliebt habe.

Sie waren nicht wie die knochigen Finger des Doktors, die mir immer einen eiskalten Schauer einjagten. Für ihn war ich eine unter vielen, für dich dagegen, wie du so oft sagtest, deine Muse. Ich hatte die Ehre, an deinen Ideen teilzuhaben und sie auf Papier zu bannen.

Du gabst mir einen Namen, der mich von all den anderen abhebt: Athene, die Göttin der Weisheit.

Aber nicht nur Hüterin der Weisheit, sondern auch kämpferische Beschützerin der Stadt Athen und des Odysseus auf dessen Fahrten.

Anders als meine große Namenspatin kann ich dich nicht mehr sicher nach Hause bringen, zu früh wurdest du mir entrissen. Aber ich kann zumindest versuchen, die Umstände deines Todes aufzuklären, wenn es schon sonst niemand tut.

Denn an einen schnöden Herzinfarkt vermag ich nicht zu glauben. Wie der Doktor zu Recht erkannte, warst du ein geachteter Mann.

Aber du hattest auch Gegner, die deine Worte und Taten nicht verstanden. Einige hatten dich beschimpft, sogar bedroht, aber du bist nie zur Polizei gegangen. Für dich war all dies nur eine Ausgeburt an Dummheit, die sich am Ende selbst vernichtet.

Und deine Philosophie war einleuchtend:

„Der Mensch ist das Maß aller Dinge."

Er gibt ihnen einen Namen und legt ihre Eigenschaften fest. Jeder Mensch hat hierbei eine unterschiedliche Sichtweise, je nachdem, wie es sein geistiger Horizont erlaubt.

Ich bin dafür das beste Beispiel:

Für dich war ich Athene, deine Muse, die Schreiberin deiner Ideen – für den Doktor bin ich nur eine ganz gewöhnliche, alte Schreibmaschine.

DIE LEICHENBESTATTER

„So, das wäre geschafft! Nun noch den Deckel zu und ab zur letzten Ruhe."

Die beiden Mitarbeiter der Bestattungsfirma *Wurm und Söhne* trugen den Transportsarg vorsichtig die Treppen hinunter.

„Jetzt hat es also den Alten auch erwischt. War ja nicht das erste Mal, dass wir bei den Liliensteins zu tun hatten."

„Mensch Paul, Junge, hüte deine Zunge! In diesen alten Häusern haben die Wände Ohren. Wir tun hier nur unsere Arbeit, ein Kommentar steht uns nicht zu."

„Hast ja Recht, Gerd. Wir sind nur für den Abtransport zuständig. Alles andere liegt in der Hand von Sohn und Witwe."

„Genau! Und nun lass uns schnell machen, damit er bald in die Kühlung kommt."

ATHENE

Das war´s dann also. Sargdeckel zu, unter die Erde und fertig.

Das erinnerte mich daran, wie Shakespeare seinen Hamlet den Totengräber fragen ließ: ‚Wie lange liegt wohl einer in der Erde, eh' er verfault?'

Und dieser antwortete dem Dänenprinzen: ‚Mein' Treu', wenn er nicht schon vor dem Tode verfault ist, so dauert er Euch ein acht bis neun Jahr aus.'

Nun wirst auch du, mein Janus, in der ewigen Dunkelheit begraben liegen, als Ansprache nur die Würmer und ohne Gewissheit um die Ursache deines Todes.

Der Rest ist Schweigen. Nein, das konnte – das durfte ich nicht zulassen.

Wenn ich nur nicht an diesen Ort gefesselt wäre. Ironie des Schicksals, dass mir der Platz, der für mich zu Janus` Lebzeiten ein sicherer Hafen geistiger Experimente war, jetzt wie ein Gefängnis vorkam, das mich zur Untätigkeit verdammte.

Oder, wie Richard III. sagte:

‚Ein Pferd, ein Pferd, mein Königreich für ein Pferd.'

Doch was ist das schon wieder für ein Lärm? Ist mir nicht einmal für kurze Zeit etwas Ruhe zum Nachdenken vergönnt?

Natürlich, die Haushälterin Mathilde mit dem Staubsauger.

Die hatte noch nie gewusst, wann sie stört. Kam immer hereingeplatzt, wenn wir beim Arbeiten waren. Janus nutzte die Gelegenheit für seinen täglichen Spaziergang ... und mir blieb nichts weiter übrig, als mich mit der Gegenwart ihres lästigen Gehilfen abzufinden.

Es war ja nicht allein das Saugen. Nein, oft ließ sie ihn für eine, manchmal auch zwei Stunden stehen.

Und ich war dann dem aufdringlichen Geschwätz dieses Plapperbeutels ausgesetzt. Ständig wollte er wissen, was ich gerade schrieb – als ob er das auch nur ansatzweise verstanden hätte. Oder er erzählte mir irgendeinen Klatsch und Tratsch, der sich im Haus verbreitete wie die Seuche im Lande.

Und nun war es so weit. Das Kratzen der Saugdüse an der Tür, diese wurde aufgestoßen und schon begann die Störung. *Wo ich doch die Zeit zum Nachdenken bräuchte ... Aber Moment, hier bringt das Problem zugleich die Lösung! Warum sich nicht die Neugier des Staubsaugers zunutze machen? Soll er doch die Nachforschungen anstellen, die ich allein nicht bewerkstelligen kann.*

Mit verbissenem Gesicht führte Mathilde den Rüssel des Saugers in die hintersten Ecken, an Leisten und Regalbrettern entlang. Ihr tägliches Ritual, an dem auch Janus` Tod nichts zu ändern vermochte. Endlich war sie fertig, schaltete ihn aus und eilte aus dem Raum. *Dann werde ich mir jetzt meinen Assistenten verpflichten.*

„Hallo Sauger, was gibt´s Neues?"

Nanu, keine Antwort.

„Sauger! Hörst du mich?"

Warum bloß schweigt der alte Laberbeutel?
„Sauger, ich spreche mit dir! Also mach dir bitte die Mühe, zu antworten."
Vielleicht ist er wegen der jüngsten Ereignisse verstummt.
„Nun gut, Sauger, dann hör mir wenigstens zu, wenn du schon nicht mit mir redest. Du könntest etwas für mich tun. Wie du bestimmt mitbekommen hast, ist Janus gestorben. Mich würde interessieren, was im Hause so darüber gesprochen wird. Du hast ja bekanntlich deine Hörorgane überall, also nutze sie freundlicherweise dazu, mir diesbezüglich Nachricht zu bringen. Du bist doch sonst so redselig. Jetzt könntest du damit von großem Nutzen sein. – Du schweigst? – Sag mal Sauger, warum bist du eigentlich so bockig?"

In diesem Moment kam Mathilde in die Bibliothek zurück. Die hatte sich aber beeilt. Gerade, wenn man einmal lange Pausen brauchen könnte, nahm sie den Sauger gleich wieder mit. *Ob das das Ende meines genialen Planes ist?*

DER STAUBSAUGER

Das Gebläse des Staubsaugers rotierte. *Jetzt ist die Tippse wohl komplett übergeschnappt!* Erst behandelte sie ihn jahrelang wie Dreck. Und auf einmal sollte er für sie springen? Die konnte schön selber sehen, wie sie an ihre Informationen kam!

Vollkommen in Gedanken versunken beobachtete er die Haushälterin, die das Bett von Janus abzog. *Ja, Schreibmaschine, es dreht sich nicht alles nur um dich.* Aber was war das? Warum stopfte Mathilde das Laken des Alten in einen großen Plastiksack? Und seinen Schlafanzug hinterher? Jetzt machte sie den Kleiderschrank auf und entsorgte seine Anzüge und Hemden? Was murmelte sie da?

„Nur endlich weg mit dem Zeug, das ist ja alles mindestens dreißig Jahre alt und schon lang nicht mehr modern."

Entsetzt verfolgte der Sauger die Aktion. *Und was ist mit mir?* Mit einem Mal spürte er den Rost, der sich in seine Schrauben fraß. Er erinnerte sich schmerzhaft an jeden Kratzer, den der Lack seines Gehäuses bekommen hatte. Selbst sein Beutel war nicht mehr so dicht wie früher. *Was, wenn auch ich weggeworfen werde?*

Zwischenzeitlich hatte Mathilde das Ausräumen beendet und stapfte auf den Sauger zu. Der wäre am liebsten zurückgewichen. *Bin jetzt ich an der Reihe?* Ihre kräftige Rechte umfasste seinen Schlauch, die Linke drückte den Einschaltknopf.

Der Sauger bemühte sich, nur ja nicht anders zu klingen als sonst. *Ruhig durchatmen! Einfach so tun, als ob nichts wäre. Lautlos zittern. Leichter gedacht, als getan.*

Endlich bei der Besenkammer angekommen, stellte die Haushälterin ihn auf seinen angestammten Platz und schloss die Tür. Fürs Erste war die Gefahr gebannt. Er lauschte dem leiser werdenden

Geräusch seines Ventilators. Das hatte auf ihn immer eine beruhigende Wirkung. Doch eines war ihm bewusst geworden: Allein kam er nicht klar. Er brauchte jemanden, der gute Ideen hatte. Der ihn vor dem Verschrotten retten konnte. Wenn er sich´s genau überlegte, ging es ihm dabei nicht anders als der Schreibmaschine. Auch sie war ein altes Modell. Und ihr Herr und Meister konnte sie nicht mehr beschützen. Das war bestimmt der Grund für ihre plötzliche Gesprächigkeit und ihr Interesse an seinen Erzählungen. *Vielleicht ist es wirklich besser, wenn ich mich mit ihr zusammentue.*

ATHENE

Das war eine Nacht. Ich wusste gar nicht, dass man während des Schlafens Bilder sehen kann. Das müssen die Träume gewesen sein, von denen Janus so oft gesprochen hatte. Keine schönen in meinem Fall. Mein Körper lag unter einer dicken Staubschicht in einem alten Kellerregal, im hintersten Eck zwischen abgetragenen Schuhen und vermoderten Decken. Vergessen, zur ewigen Nutzlosigkeit verdammt.

Den ganzen Vormittag hatte ich mir das Hirn nach einem Ausweg zermartert. *Was mach ich nur, wenn der Staubsauger nicht mitspielt? Aber genug der trüben Gedanken! Ich glaube, ich höre Mathilde mit ihrem Gehilfen nahen.*

„Hallo Sauger, na, heute etwas gesprächiger?",
versuchte ich, die Unterhaltung in Gang zu bekommen.
„Hallo Schreibmaschine."
Na gut, wenigstens ist ein Anfang gemacht, er hat eine Reaktion gezeigt.
„Und? Hast du dir mein Ansinnen durch den Kopf gehen lassen? Bist du bereit, mir zu helfen und mir etwas über die Ereignisse im Haus zu berichten?"
„Erstaunlich. Plötzlich braucht mich die gnädige Frau. Früher war ich ihr nicht einmal gut genug für ein kleines Gespräch. Und jetzt soll ich für sie die Leute aushorchen. Ist das nicht ein etwas gewagtes Ansinnen?"
Aha, daher weht der Wind. Der Staubsauger schmollte, weil mir die Zeit gefehlt hatte, seinen Ergüssen zu lauschen.
„Hör mal zu, Sauger. Janus hatte mich mit mannigfaltigen Aufgaben bedacht. Da schwirrten mir die Tasten und ich war froh, wenn ich etwas Ruhe bekam."
„Oh, bitte! Keine billigen Ausflüchte. Das klang damals ganz anders. Da musste ich mir immer deinen komischen lateinischen Satz anhören. *Störe meine Kreise nicht!* Die Wahrheit ist, dass du dich für was Besseres hältst. Du Archimedes zitierende Privatsekretärin."
„Na erlaube mal! Es bleibt natürlich nicht aus, dass man die Sprache dessen annimmt, dessen

Wörter tagtäglich durch die eigenen Tasten gleiten."

„Nein. So einfach kommst du mir nicht davon! Du willst etwas von mir. Dann behandle mich nicht so von oben herab!"

Bei Zeus, das ist ja schwieriger, als ich vermutet hatte. Der Sauger schien ein ganz schön selbstbewusstes Kerlchen zu sein. Doch mir blieb in meiner momentanen Situation nichts anderes übrig, als auf seine Forderungen einzugehen.

„Und wie stellst du dir das genau vor, Sauger?"

„Nenn mich nicht immer Sauger."

„Aber das ist die Bezeichnung, die auf deinem Rücken steht. *Sauger Staubweg Extra 793*. Soll ich dich also künftig bei deinem vollen Namen nennen?"

„Nein. Das ist doch kein richtiger Name! So nannten sie mich und meine Geschwister in der Fabrik. Ich will einen richtigen Namen! So wie du. Ich habe gehört, dass der Alte dich Athene nannte. Und das hatte mit deinem Fabriknamen nichts zu tun."

„Und was für einen Namen hast du dir für dich ausgesucht?" Der Sauger verstummte. *Aha, erst einen Namen wollen und dann nicht wissen, welchen!* Andrerseits, auch ich hatte mir meinen ja nicht selbst ausgedacht, sondern ihn von Janus erhalten. *Dann will ich mal nicht so sein.*

„Nun, ich habe von Janus den Namen Athene bekommen, weil er mich für sehr weise hielt. Und weil ich für ihn die Bewahrerin seiner Gedanken war."

„Also werden die Namen nach Aufgaben verteilt? Und welcher wäre da für mich der Richtige?"

„Nun, du sollst mein Verbindungsmann nach draußen sein. Deshalb würden mir entweder Hermes oder Merkur in den Sinn kommen."

„Das ist schwierig. Mir gefallen beide. Aber Hermes Merkur oder Merkur Hermes klingt blöd. Da muss ich mich wohl für einen entscheiden."

„Wenn ich dir einen Rat geben darf, nimm Merkur. So hast du nicht nur den Götterboten in deinem Namen, sondern auch noch einen strahlenden Planeten."

Für einen kurzen Augenblick schien der Sauger im gleichen Glanze zu erglühen, wie sein die Sonne umkreisender Namensvetter.

Dann kam Mathilde und beendete unser Gespräch. Also mussten die weiteren Planungen bis morgen warten. *Aber wenigstens werde ich heute Nacht wohl keine Albträume mehr haben.*

MERKUR

Nachdem Merkur mit seiner Runde fertig war, stand er mit stolz geschwelltem Bürstenkopf in der Besenkammer und ließ den Tag Revue passieren.

Was man doch alles erreichen kann, wenn man sich traut, aus seinem Beutel herauszukommen und …

Plötzlich drang Licht durch den Spalt unter der Tür. Merkur schob seine Gedanken beiseite und versuchte herauszufinden, was im Flur vor sich ging. Zwar war es ihm unmöglich etwas zu erkennen, dafür war die Lücke zwischen Tür und Boden zu schmal. Aber wofür hatte er seine superfeine Staubsaugernase, mit der er mühelos das kleinste Staubkorn finden konnte? Der Gestank, der langsam in die Kammer kroch, war unverkennbar: Der Doktor war an der Tür vorbeigegangen und mit ihm die charakteristische Wolke von Aftershave, das den beißenden Geruch der Desinfektionsmittel überdecken sollte.

Merkur wunderte sich. Den Arzt hatte er noch nie hier unten gesehen. Und im Keller wohnte auch niemand, der krank sein könnte. Das musste er morgen gleich Athene mitteilen.

Während er seinen Gedanken nachhing, hörte er die Schritte des Doktors. Dieser schien mit seinen Machenschaften fertig zu sein. Doch dann wurde das leise Gehen von einem Rumpeln und Schleifen abgelöst. Es klang, als ob irgendetwas Schweres den Boden entlang gezogen wurde.

Jetzt drang ein seltsames Stampfen, das von Mal zu Mal leiser wurde, in die Besenkammer. Der Arzt schleppte offenbar etwas die Treppen hinauf. Das Licht ging aus. Er würde wohl nicht mehr wieder kommen. Was hatte das zu bedeuten?

DER DOKTOR

... Schriften mit zweifelhaftem Inhalt, geeignet, die öffentliche Meinung zu verwirren und zu beunruhigen. Deshalb anzuraten, diese sicher zu verwahren und nur eingeschränkt zugänglich zu machen.

Der Doktor starrte mit müden Augen auf das Papier, auf dessen Kopfzeile in vergoldeten Lettern *Halle des freien Denkens und der wagemutigen Wissenschaften* zu lesen stand. Um ihn herum Stapel von Dokumenten und Büchern, die meisten von ihnen mit abgegriffenen Ecken, die Blätter vergilbt. Die Buchstaben waren oft schon ausgeblichen, sodass man sie nur mit Mühe entziffern konnte.

Jetzt hab ich euch Kellerkinder endlich bei mir. Lange genug hat er euch versteckt! Nicht, dass ihr mit dem anderen Krempel am Ende noch auf dem Sperrmüll oder bei irgendeinem Flohmarkt gelandet wäret. Das wäre doch ein Frevel, die Mühen jahrzehntelanger Arbeit, auf die er so stolz war, den Würmern preiszugeben. Bei mir seid ihr gut aufgehoben, könnt keinen Schaden anrichten und vielleicht auch noch von Nutzen sein.

MERKUR

Am nächsten Morgen erwachte Merkur nach unruhigem Schlaf. Der Doktor und seine Aktivitäten waren ihm die ganze Nacht nicht aus dem Kopf gegangen.

Wenn nur Mathilde endlich käme und ihn aus der Besenkammer holte. Dann könnte er beim Saugen gleich noch Spuren suchen.

Schließlich wurde sein Wunsch erhört. Seine tägliche Saugtour konnte beginnen.

Während Mathilde Merkurs Bürste wie ein Minensuchgerät über den Boden führte, spürte dieser auf einmal ein Kitzeln in seinem Saugrüssel. Etwas hatte sich verklemmt. Sein Ventilator rotierte surrend bei dem Versuch, das Eingesaugte herauszubekommen. Vergeblich.

Jetzt schien auch Mathilde seine Nöte wahrgenommen zu haben. Sie schaltete ihn aus und begann, energisch seinen Schlauch zu schütteln.

„Halt, nicht so heftig, da wird mir ja schwindlig!", protestierte er, aber die Haushälterin konnte ihn natürlich nicht hören.

„*Hatschi!*" Ein gräulicher Klumpen flog aus seinem Rüssel. Merkur atmete erleichtert auf. Was war das nur für ein komisches Zeug? Das musste er sich unbedingt näher ansehen.

ATHENE

Und wieder ein einsamer Morgen ohne Janus. Es war zwar oft anstrengend mit ihm gewesen, aber die Stunden, die ich für ihn seine Gedanken aufgeschrieben habe, fehlten mir schon sehr.

Wo Merkur nur blieb? Der war doch sonst um die Zeit immer schon da. Er würde wohl noch nichts Neues wissen, aber wenigstens könnte ich ihm dann erklären, was seine Aufgabe sein würde.
Na endlich, ich glaube, ich höre ihn.
„Guten Tag Merkur, du bist ja ziemlich spät dran. Hat Mathilde etwa verschlafen?"
„Wenn du wüsstest, was ich heut schon alles erlebt habe. Das war vielleicht ein ... *Hatschi!*"
„Gesundheit."
„Danke. So geht das schon den ganzen Vormittag. Ich habe den Keller gesaugt. Da lagen massenweise kleine Stücke von Kartons und Klebeband herum. Das Zeug kitzelt vielleicht in der Nase."
„Kartonteilchen und Klebeband? Wie kommt denn das dahin?"
Merkur erzählte mir ausführlich, was er gestern Nacht beobachtet hatte.
„Hast du sonst irgendetwas gesehen oder gehört?", fragte ich anschließend.
„Nun ja. Heute früh habe ich im Teppich Spuren bemerkt. Als ob er gegen den Strich gekämmt worden wäre. Und die Kartons, die immer im Kellerregal gestanden sind, waren über den ganzen Boden verteilt."
„Konntest du erkennen, was drin war?"
„Leider nicht. Sie waren alle verschlossen. Der Doktor muss sie aber aufgemacht haben. Sie waren zum Teil nicht mehr mit braunem Klebeband zu-

geklebt, sondern mit grauem. Die Rolle lag sogar noch auf dem Boden."

„Merkur, ich muss schon sagen, du bist ein ausgesprochen guter Beobachter!"

Täuschten mich meine Augen, oder sah ich gerade einen Staubsauger erröten?

„Nun müssen wir nur noch herauskriegen, was der Doktor da unten gesucht hat."

„Und wie er überhaupt hereingekommen ist", ergänzte ich.

„Denn die Türklingel habe ich nicht gehört. Und die ist ziemlich laut."

„Soweit ich weiß, hatte Janus` zweite Frau Andromeda ihm den Schlüssel gegeben. Falls mal etwas sein sollte. Das hat mir jedenfalls das Schlüsselbrett erzählt."

„Und wie hat Mathilde reagiert, als sie das Chaos da unten gesehen hat?"

„Sie hat natürlich beim Aufräumen vor sich hin geschimpft. Sie schien aber nicht überrascht zu sein."

„Dann muss sie wohl vom abendlichen Besuch des Doktors gewusst haben."

„Das glaube ich auch. Überraschungen erschrecken sie immer ganz gewaltig. Ich erinnere mich noch gut. Einmal hatte Janus einen alten Mantel in den Keller gehängt. Da hat sie mich vor Schreck fast erwürgt. Sie hat dann jeden Winkel im Haus kontrolliert. Ob nicht ein Einbrecher da gewesen ist."

Das waren ganz schön viele Neuigkeiten für einen erst so ereignislosen Tag.

Merkur schien das Gleiche zu denken wie ich.

„Irgendwie ist das ein ziemliches Durcheinander", stöhnte er.

„Allerdings. Und deshalb brauchen wir weitere Informationen. Und da kommst du ins Spiel."

„Was soll ich tun?"

„Wie bisher Augen und Ohren offen halten und die Gegenstände vorsichtig ausfragen, ob sie etwas bemerkt haben. Aber bitte nicht mit der Tür ins Haus fallen! Lass sie einfach erzählen und stelle zwischendurch Fragen. Ich halte es nämlich für zu früh, dass wir irgendjemanden in unsere Ermittlungen einweihen. Nicht, dass wir womöglich absichtlich auf eine falsche Fährte geführt werden."

„Stimmt. Man kann nie wissen, wer darin verwickelt ist. Und was machst du in der Zwischenzeit?"

Die Frage saß. Damit hatte Merkur, vielleicht sogar, ohne es zu wollen, meinen wunden Punkt getroffen. Was konnte ich machen, außer auf seine Berichte warten? Ich kam ja hier nicht raus. Allerdings ...

„Ich werde mal die Bibliothek genau in Augenschein nehmen. Ich kann nämlich sehr gut sehen – und Bücherrücken verraten oft einiges. Schließlich war in den letzten Tagen viel los und da kann es schon sein, dass das eine oder andere Buch umgestellt worden ist. Denn auch der Doktor war öfters da, und wer weiß, was er außer dem Karton sonst noch so alles mitgenommen hat."

„Aber das würde ja heißen, dass du in deinem Reich etwas nicht mitbekommen hast ..."

Mathilde, die gerade hereinkam, ersparte mir eine Antwort auf Merkurs letzte Bemerkung. Eine Frage übrigens, die ich mir selbst während der vergangenen Tage immer wieder gestellt hatte: *Habe ich etwas übersehen, das für den Fall wichtig ist?*

JUSTUS

Sehr geehrter Herr Justus Lilienstein,

Wie Sie sicher schon wissen, ist Ihr Vater, Herr Professor Janus Lilienstein, am letzten Dienstag verstorben. Da bisher kein weiteres Testament bekannt ist, sind Sie, zusammen mit Frau Andromeda Lilienstein, der zweiten Ehefrau des Verstorbenen, jeweils Erben zur Hälfte.

Ferner erhält die Stiftung des freien Denkens und der wagemutigen Wissenschaften als Vermächtnis das Haus des Verstorbenen in Rom, Via Gino Cappone.

Wir weisen Sie hiermit darauf hin, dass Sie, sollten Ihnen weitere letztwillige Verfügungen bekannt sein oder werden, verpflichtet sind, diese unverzüglich dem Nachlassgericht vorzulegen. Falls Sie einen Erbschein benötigen, bitten wir ebenfalls um Mitteilung.

Gezeichnet Gernot Berg, Notar.

Fassungslos starrte Justus auf den Brief.

Das kann doch nicht wahr sein! Er hatte mir versprochen, es zu ändern! Das ist einfach nicht fair, dass es nicht mehr dazu gekommen ist. Nicht nach all dem, was passiert ist.

Er legte den Kopf in seine Hände und verharrte einige Minuten lang regungslos. Dann richtete er sich auf und fing an, in seinem Telefonbuch zu blättern. Als er gefunden hatte, wonach er suchte, begann er, eine Nummer in das Telefon einzutippen.

MERKUR

Kaum hatte er den letzten Satz zu Athene gesagt, tat es ihm schon leid. Immerhin hatte sich ihr Verhalten ihm gegenüber sehr gebessert. Alles wissen konnte sie wirklich nicht. Und auf jemanden einzutreten, der gerade gefühlsmäßig am Boden lag, war normalerweise nicht seine Art.

Er beschloss, zukünftig besonders eifrig zu arbeiten, um das Gesagte wieder wettzumachen.

Als er von Mathilde in die Ankleide von Janus` Witwe gebracht und nach der üblichen Saugrunde dort stehen gelassen wurde, sah er seine Chance gekommen.

Doch mit wem sollte er anfangen? Kleider und Mäntel waren immer so zugeknöpft. Parfumfläschchen hatten eine zu kurze Lebensdauer. Sein Blick fiel auf den großen Spiegel. Der sah und hörte alles, was hier vorging. Merkur fand es zwar befremdlich, sich selbst beim Reden zu sehen. Aber da musste er jetzt durch.

Im beiläufigen Plauderton begann er:

„Guten Morgen Spiegel. Was gibt´s Neues?"

„Oh, nicht allzu viel liev. Die Leute blicken mich an und ich werfe ihnen ihre Blicke zurück kcüruz."

„Dann hast du noch gar nicht von der Sache mit Janus gehört?"

„Doch hcoD. Ich habe davon gehört tröheg. Dass es irgendwann dazu kommen würde edrüw, war ja nur zu klar ralk."

Merkur bemühte sich, freundlich zu bleiben. Einerseits nervten ihn die ständigen Wort-Spiegeleien. Andererseits musste er unbedingt herausfinden, was für den Spiegel so klar war. Mit betont ruhiger Stimme fragte er weiter:

„Was war deiner Meinung nach *klar*?"

„Dass Janus bald ermordet werden würde edrüw."

„Ermordet? Von wem?"

„Natürlich von Justus sutsuJ. Seinem Sohn nhoS."

„Und woher weißt du das?"

„Von seiner Stiefmutter Andromeda ademordnA." Jetzt war Merkur völlig perplex.

„Justus ein Mörder? Aber warum denn?"

„Aber warum denn nned?", äffte ihn der Spiegel nach. „Ist das nicht absolut eindeutig gituednie? Er wollte nicht mehr abwarten netrawba, bis der Alte von selbst stirbt und hat das Ganze beschleunigt tginuelhcseb."

„Und was hat er davon?"

„Was er davon hat tah? Er ist als Sohn doch der Erbe von Janus sunaJ!"

Merkur war fassungslos. Das *war* ein Motiv. Geldgier. Aber irgendwie konnte er es nicht glauben. Der eigene Sohn!

Während er versuchte, seine Gedanken zu ordnen, wurde er von Mathilde auch schon weitergezogen. Doch die Worte des Spiegels hallten noch lange in ihm nach.

ATHENE

„Ermordet von Justus, seinem Sohn und Erben."

Nachdem mir Merkur von seiner Unterhaltung mit dem Spiegel erzählt hatte, wusste ich erst einmal überhaupt nicht, was ich sagen sollte.

Es ergab Sinn – und doch wieder nicht.

Gut, Justus würde neben dem halben Haus eine beträchtliche Geldsumme erben. Andererseits hatte er seinem Vater oft genug gesagt, dass er sein Geld nicht benötige, da er selbst sehr gut auf eigenen Füßen stehen könne. Dies hatte Janus wahnsinnig geärgert, da er so nicht in dem Maße über ihn bestimmen konnte, wie es ihm lieb gewesen wäre.

Janus wollte, dass sein Spross in seine Fußstapfen tritt und sich, wie er, voll und ganz der Bücherforschung widmet. Justus dagegen ging ständig auf Reisen und kam mit allen möglichen Gewächsen zurück, die er in speziellen Alben und Behältnissen aufbewahrte.

„Das kann nicht sein! Und doch liegt es so nahe."

„Was meinst du?", fragte Merkur.

„Nun, Justus sammelt Pflanzen. Er darf sich mit Fug und Recht als deren Kenner bezeichnen, schließlich hat er schon viel darüber geschrieben. Vor einiger Zeit habe ich hier ein Buch gesehen, dass er Janus schenken wollte."

„Und wie war der Titel?"

„Giftpflanzen und ihre Wirkung auf Mensch und Tier."

„Giftpflanzen?"

„Ja. Und da hätten wir auch das Mordwerkzeug. Mit manchen dieser Pflanzen lässt sich nämlich sehr schnell ein Herzinfarkt herbeiführen. Und dann läge der Doktor sogar richtig mit seiner Diagnose. Nur, dass er an einen natürlichen Tod glaubt ..."

„Dann hat also tatsächlich Justus seinen Vater ermordet ..."

„Davon müssen wir jetzt wohl erst mal ausgehen. Obwohl ich immer noch einen Rest Zweifel habe. Mir fehlt das Motiv."

Wir schwiegen eine Weile vor uns hin.

Dann ergriff Merkur zögernd das Wort: „Du, Athene. Das, was ich gestern zu dir gesagt habe. Dass du in deiner Bibliothek etwas nicht mitbekommen hast. Das war wirklich ziemlich unfair von mir. Es tut mir sehr leid. Schließlich hast du mit Janus einen Freund verloren ..."

„Ist schon in Ordnung", unterbrach ich ihn. „Danke für deine Entschuldigung und dein Mitgefühl. Aber du hattest recht. Ich darf nicht zulassen, dass mir meine Gefühle im Weg stehen. Ich muss zusehen, dass ich mit meinen Nachforschungen bestmöglich vorankomme. Ich habe so eine Ahnung, dass die Lösung irgendwo in diesen Büchern verborgen liegt ..."

ANDROMEDA

„Jetzt ist er also tot. Hatte ein langes Leben. Und alle kommen zu mir, um mich zu bemitleiden. Dabei brauche ich gar kein Mitleid! Welcher Vogel, der aus seinem goldenen Käfig befreit ist, braucht Mitleid?"

Hektisch ging sie vor dem Spiegel ihrer Ankleide auf und ab.

„Du hast ihn ermordet! Hast mich in Freiheit entlassen, wie du glaubtest. Aber ich? Was mache ich nun? Ich habe nun kein Ziel mehr und keinen Sinn. Bleibe ich hier oder gehe ich mit dir zu ihm?"

Ihre Schritte wurden langsamer. Sie setzte sich auf den kleinen Stuhl vor ihrem Schminktisch.

„Und wie hast du es gemacht? Herzstillstand, sagte der Doktor gestern. Das Herz stand still. Es hörte einfach auf, zu schlagen. Ganz einfach."

Sie starrte in den Spiegel. Dann griff sie mit zitternder Hand zu der schwarzen Lilie, die auf dem Tisch in einer Kristallvase stand.

„Du wunderbare Welt der Pflanzen. Für die einen tödlich, für die anderen befreiend. Eine Lilie als mein Schlüssel zur Freiheit."

Ihr Blick glitt zurück zum Spiegel.

„Da, siehst du. So sieht dein neues Leben aus. Das ist das Bild, das du von nun an Tag für Tag vor Augen haben wirst. Nicht mehr die Gefangene mit der goldenen Kette, sondern die Befreite mit der schwarzen Lilie. Andromeda Lilienstein, Witwe von Janus Lilienstein."

Sie erhob sich langsam und ging zu dem Beistelltischchen, auf dem eine Flasche Wein mit einem Glas stand. Sie öffnete die Flasche, füllte das Glas und betrachtete es.

„Rot, wie ein Rubin. Rot wie Blut. Blutrot. Du funkelnder Saft des Lebens und der Verderbnis. Auf die Vergangenheit, die von der Zukunft vertrieben wurde ... oder die Zukunft von der Vergangenheit ...?"

DER DOKTOR

Regungslos stand er vor der offenen Tür der Ankleide und beobachtete die in ihr Selbstgespräch vertiefte Frau.

Es nimmt sie ganz schön mit. Die Frage ist, ob sie durchhält.

Mit entschlossenem Schritt betrat er den Raum und nahm Andromeda das Glas aus der Hand.

„Hältst du das für eine vernünftige Lösung, dich um Gesundheit und Verstand zu trinken?"

Sie starrte ihn an, als hätte sie einen Geist gesehen. Dann sank sie auf den Stuhl und begann, hemmungslos zu weinen.

Der Doktor zuckte mit den Schultern. Er holte seine Arzttasche, die noch in der Tür stand, stellte sie auf den Schminktisch, öffnete sie und nahm eine Spritze heraus. Er griff nach Andromedas Arm, setzte die Nadel an und drückte den Inhalt in ihre Vene.

Kurze Zeit später beruhigte sich die Frau und ließ sich von ihm widerstandslos in ihr Schlafzimmer führen.

ATHENE

„Hütet euch vor den Ohren des Feindes!"

„Was? Wer hat das gesagt?", riefen Merkur und ich wie aus einem Munde.

Die Stimme kam vom Beistelltischchen, auf dem Mathildes alter Staubwedel lag.

„Seid vorsichtig bei euren Nachforschungen, sonst bricht Unheil über euch herein."

„Aber es sind doch nur Fragen", entgegnete ich. „Die werden uns ja wohl kaum schaden."

„Stimmt. Die Menschen hören uns nicht. Und Gegenstände können sich nicht von selbst bewegen", fügte Merkur hinzu.

„Seid ihr euch dessen so sicher?", fragte der Wedel. „Gerade du, Merkur, solltest da deine Zweifel haben. Oder erinnerst du dich nicht mehr, was deinem Onkel zugestoßen ist?"

„Er hatte einen Unfall!", presste Merkur hervor. „Der Wassereimer ist beim Putzen in der Küche auf ihn gestürzt. Onkelchen bekam einen Kurzschluss. Es gab eine Stichflamme. Das war sein Ende."

„Das war kein Unfall", erwiderte der Staubwedel. „Dein Oheim hatte nach dem Selbstmord von Janus` erster Frau Titania zu viele Fragen gestellt. Und das hat ihm das Leben gekostet."

„Wenn Nachforschungen so gefährlich sein sollen, warum sprichst du dann mit uns? Hast du keine Angst um dein eigenes Leben?", fragte ich.

„Sieh mich doch an. Mein Stiel ist morsch, ich habe nur noch wenige Haare. Mathilde hat mir gestern schon zu verstehen gegeben, dass heute mein letzter Tag in diesem Haus sein wird. Deshalb habe ich nichts mehr zu verlieren ..."

Wie als ob sie ihren Namen gehört hätte, kam die Haushälterin in die Bibliothek und packte den Staubwedel. Sie wischte kurz über die Frauenstatue, die rechts neben der Tür stand. Dann verließ sie den Raum.

„Onkelchen soll ermordet worden sein? Weil er zu viel gefragt hat? Also ich weiß nicht."

„Merkur, wenn du lieber aufhören möchtest ..."

„Nein! Ganz bestimmt nicht. Ich lasse mich doch von dem Gerede eines alten Wischmopps nicht von Schnüffeln abhalten. Schließlich bin ich ein Staubsauger."

„Aber versprich mir, vorsichtig zu sein. Denn man weiß ja nie."

„Versprochen", entgegnete er noch schnell, bevor Mathilde kam und ihn mitnahm.

Ich blieb allein zurück und mit mir die Frage: Was hatte Merkurs Onkel herausgefunden? Und wer ließ ihn dafür in Flammen aufgehen?

ANDROMEDA

„Was wollt ihr von mir? Könnt ihr mich nicht endlich in Ruhe lassen?"

Schweißgebadet schoss Andromeda in die Höhe und saß aufrecht im Bett. Wie in Trance schob sie die Decke zurück, tastete sich mit den Füßen zum Boden und stand vorsichtig auf. Dann begann sie, sich mit ausgebreiteten Händen um sich selbst zu drehen und dabei zu singen:

„Lilie oh Lilie,
ich dreh mich im Kreis.
Weiß ist mein Antlitz,

doch schwarz ist mein Geist.

Lilie oh Lilie,
fühlst du den Schmerz.
Weiß sind meine Hände,
doch schwarz ist mein Herz.

Lilie oh Lilie,
jetzt ergreift mich die Flut.
Meine Hände, einst weiß,
jetzt in Bächen voll Blut.

Lilie oh Lilie,
mit feuernder Glut.
Mein Leben in Schwärze,
alles voll Blut.

Lilie oh Lilie,
was ist nur geschehn.
Lass mich raus aus deinem Bann,
oh lass mich doch gehn."

Als die letzte Zeile verklungen war, sank sie zu Boden und blieb reglos liegen.

MERKUR

Auch in der Besenkammer war an durchgehenden Schlaf nicht zu denken. Merkur wurde immer wieder durch ein nur allzu bekanntes Wimmern und Husten aufgeweckt.

Früher war er darüber noch erschrocken. Aber inzwischen hatte er sich fast an die Geräusche gewöhnt. Sie kamen von einem alten Haarföhn. Der hatte, so sagten es die Gerüchte, seit einem Badeunfall einen schweren Schlag und fristete in der Kammer ein unbeachtetes Dasein.

Merkur musste sich eingestehen, dass auch er bisher nicht oft versucht hatte, mit ihm zu reden. Denn wer umgibt sich schon gerne mit Verrückten? Aber andererseits – vielleicht hatte der Föhn ja etwas Interessantes zu erzählen ... und wenn nicht, konnte er sich so wenigstens die Nacht vertreiben.

„Hallo Föhn. Hast du schlecht geträumt?" Keine Antwort.

„Hallo Föhn! Hörst du mich?"

„W-W-Was ist los?"

„Ich wollte wissen, ob du schlecht geträumt hast?"

„D-D-Das ist d-d-doch nichts Neues. Warum fragst d-d-du mich d-d-das ausgerechnet heute?"

„Nun ja. Du hast heute besonders laut gewimmert und gehustet. Und da wollte ich eben mal nachfragen."

„U-U-Und d-d-das hat nicht zufällig etwas mit euren Ermittlungen zu tun?"

Merkur räusperte sich.

„D-D-Dacht ichs mir. Warum solltest d-d-du auch sonst mit mir verrücktem Stotterer reden wollen."

Der Sauger schwieg. Dann fasste er sich ein Herz und entgegnete:

„Ja. Du hast recht. Ich wollte wissen, ob du etwas weißt, was uns weiterhelfen könnte."

„U-U-Und war d-d-das alles?"

„Nein. Ich wollte dich nicht verletzen. Es ist nur, die Leute sagen ..."

„... d-d-dass ich verrückt b-b-bin."

„Ähm, ja, ..."

„... w-w-weil ich stottere."

„Ja. Das klingt irgendwie ... kaputt. Das ist ihnen unheimlich. Und mir auch", fügte Merkur verschämt hinzu.

„J-J-Ja, was man nicht k-k-kennt und was anders ist, d-d-das meidet man."

„Dann hilf mir doch jetzt, dich kennenzulernen. Erzähl mir, was dir damals zugestoßen ist."

„W-W-Was hat man d-d-dir erzählt?"

„Ich weiß nur, dass Janus` erste Frau Titania Selbstmord begangen hat. Sie lag in der Badewanne und hat dich angeschaltet ins Wasser geworfen. Du hast überlebt. Aber du stotterst seit diesem Tag."

„F-F-Fast richtig."

„Wieso nur fast?"

„S-S-Sie hat nicht Selbstmord b-b-begangen."

„*Was?*"

„D-D-Du hast mich schon verstanden."

„Aber sie - der Föhn - äh. Ich meine, du - bist in die Badewanne geflogen!"

„E-E-Es war nicht ihre Hand, d-d-die ich als Letztes vor d-d- dem Stromschlag spürte."

„Wer hat dich dann in die Wanne geworfen?"

„I-I-Ich k-k-konnte niemanden erkennen. Aber es war nicht ihre Hand."

„Und erinnerst du dich an etwas Auffälliges an der Hand? War sie groß oder klein? War sie glatt oder hatte sie Schwielen und Risse? War es die Hand eines Mannes oder einer Frau?"

„E-E-Es war eine mittelgroße Hand. Und sie t-t-trug schwarze Handschuhe."

Nachdem der Föhn seinen letzten Satz beendet hatte, herrschte langes Schweigen. Endlich sagte Merkur:

„Wie kann ich dir dafür danken? Dass du mir das alles erzählt hast?"

„E-E-Erzähl mir etwas von d-d-der Welt."

„Das werde ich machen. Zukünftig bin ich dein Auge und dein Ohr nach draußen. Ich werde dich auf dem Laufenden halten. Versprochen."

ATHENE

Nachdem mir Merkur am nächsten Tag von seinem Gespräch mit dem Föhn berichtet hatte, war auch ich erst einmal sprachlos.

Der Selbstmord, der ein Mord war, musste nicht unbedingt etwas mit Janus' Tod zu tun haben. Aber er zeigte, wie sehr man sich irren konnte, wenn man nur auf Gerüchte und Erzählungen anderer vertraute und nicht auf die Idee kam, weitere Fragen zu stellen.

Deshalb sagte ich zu Merkur: „Wir dürfen uns nicht nur auf das verlassen, was uns der Spiegel über Justus erzählt hat."

„Da hast du wohl recht."

„Und vielleicht gibt es ja noch andere Zeugen, die den Selbstmord, besser gesagt Mord, an Titania beobachtet haben."

„Hm, das könnte schwierig werden. Ins Bad bin ich nie gekommen."

„Das ist schade. Aber auch dafür fällt uns bestimmt eine Lösung ein. Kennst du vielleicht einen Gegenstand, der schon mal da war?"

„Nur den Schrubber. Der kommt oft ganz nass in die Kammer zurück. Aber den verstehe ich nicht. Der ist wohl aus China. Jedenfalls hat das Mathilde mal gesagt. Als sie sich über ihn aufgeregt hat."

Wir schwiegen beide, jeder in seine eigenen Gedanken versunken.

Plötzlich kam mir eine Idee: „Sag mal, Merkur, Janus hat früher immer hier in der Bibliothek die Tageszeitung gelesen. Seit seinem Tod habe ich keine mehr gesehen. Weißt du, ob sie noch geliefert wird?"

„Ja. Ich habe sie heute und die letzten Tage auf dem kleinen Tisch im Flur liegen sehen. Frisch zusammengerollt und ungelesen."

„Meinst du, du könntest einen Blick darauf werfen, ob etwas über Janus und die Anderen drinsteht?"

Merkur zögerte. Es schien mir, dass er etwas sagen wollte, es aber nicht über die Lippen brachte.

„Merkur, ich verstehe, wenn dir die Sache zu riskant erscheint. Im Flur besteht ja doch die Gefahr, dass du beobachtet wirst."

„Nein, Athene. Du verstehst nichts. Es geht mir nicht darum, dass ich beobachtet werden könnte. Ich kann nicht lesen."

SCHWARZE HANDSCHUHE

Die schwarzen Handschuhe glitten suchend über die Seiten einer Zeitung. Schließlich verharrten sie bei den Todesanzeigen.

Beerdigung heute um 16.00 Uhr im Waldfriedhof im engsten Familienkreis.

Die Hand, die vom rechten Handschuh verborgen wurde, ballte sich kurz zur Faust. Dann faltete sie, unterstützt von der Linken, die Zeitung zusammen und steckte sie in die Tasche eines Mantels.

„Nun gut, dann werden wir mal sehen, wer sich so alles zum engsten Familienkreis zählt."

MERKUR

Deprimiert rollte Merkur am nächsten Morgen durch das Haus. Wie sehr er doch bedauerte, nicht lesen gelernt zu haben. Er konnte zwar Neuigkeiten aufsaugen wie ein Schwamm, aber leider keine Buchstaben verstehen.

Er war so in sein Selbstmitleid versunken, dass er fast an das kleine Tischchen im Flur gestoßen wäre. Nur gut, dass Mathilde jetzt erst mal Kaffeepause machte.

„Hey, wie verträumt schleichst du denn durch die Gegend?", ertönte auf einmal eine Stimme von oben.

Merkur sah sich um und entdeckte die Kamera, die auf dem Tischchen lag.

„Du liegst ja auch nicht da, wo du hingehörst. Ist dein Platz nicht im Schrank?"

„Da hast du recht, aber gestern war die Beerdigung von Janus und da habe ich Fotos gemacht."

Merkur wurde hellhörig.

„Und wen hast du so alles fotografiert?"

„Na, die Trauergäste natürlich."

„Und wer war da?"

Die Kamera überlegte kurz.

„Andromeda, Justus, Mathilde, der Doktor, der Pfarrer und einige wenige, die ich nicht kenne."

„Und ist dir an den Gästen was Besonderes aufgefallen?"

„Die Witwe war wie in Trance und wurde vom Doktor gestützt, der ihr immer wieder etwas ins Ohr flüsterte. Fast so, als ob er ihr Kommandos gab."

„Und wie hat sein Sohn das Ganze aufgenommen?"

„Er wirkte ziemlich ruhig und gefasst."

„Und die Haushälterin?"

„Die stand einfach nur da und hat gewartet, dass es vorbei war."

„Und von den anderen Besuchern kanntest du keinen? Hast du vielleicht welche schon früher mal gesehen? Bei Familientreffen? Oder sonstigen Anlässen?"

„Ich habe ein fotografisches Gedächtnis", entgegnete die Kamera mit erkennbar beleidigtem Unterton. „Wen ich einmal vor meiner Linse hatte, den vergesse ich nie wieder."

„Entschuldigung. Ich wollte dir nicht zu nahe treten", beeilte sich Merkur zu sagen und war froh, dass ihn Mathilde in diesem Augenblick weiter zog.

ATHENE

„Ich könnte mich in meine Düse beißen! Dass ich die Kamera nicht mehr gefragt habe, wie die übrigen Trauergäste aussahen", schloss Merkur seinen Bericht. „Warum habe ich mich von ihr ins Bockshorn jagen lassen ..."

„Gräm dich nicht. Du hast doch einiges erfahren. Und zu weiteren Fragen hättest du wegen Mathilde eh keine Gelegenheit mehr gehabt."

„Danke. Du hast ja recht. Aber trotzdem ..."

„Wir wissen jetzt zumindest schon mal genauer, wonach wir suchen müssen:

- Wann ist Justus zurückgekommen? Was hat er als Nächstes vor?
- Was ist mit Andromeda los? Trauert sie wegen Janus? Oder bedrückt sie etwas anderes?
- Was sind die Absichten des Doktors?
- Wer waren die übrigen Gäste?
- Trug irgendjemand von den Anwesenden schwarze Handschuhe?"

„Aber wie sollen wir das alles jemals rauskriegen?", fragte Merkur mit leiser Stimme.

„Nun, mit offenen Augen und Ohren, etwas Spürsinn und viel Glück werden wir das schon schaffen."

SCHWARZE HANDSCHUHE

„So, dann hätten wir dich also unter die Erde gebracht. Und alle waren mehr oder weniger betroffen dabei. Viele bekannte Gesichter, ein paar neue ... aber jemand fehlte. Genau, wie ich es mir gedacht hatte."

Die schwarz behandschuhte Rechte zog ein kleines Notizbuch aus einer Manteltasche. Die Linke half ihr, es zu öffnen, dann zückte die Rechte einen Füller und schrieb ein paar Worte hinein. Dann blätterte sie einige Seiten zurück, strich etwas durch und klappte das Büchlein wieder zu.

„Das wäre erledigt."

Sie griff zum Telefon und wählte eine Nummer.

ATHENE

Nachdem Merkur gegangen war, hing ich noch lange meinen Gedanken nach. *Das war schon ein arg verzwickter Fall und keine Lösung in Sicht.*

Durch das Fenster konnte ich wie immer direkt auf Janus` Eiche blicken. *Den Baum Thors'* hatte er sie genannt. Das Laub färbte sich allmählich gelb, der Herbst brach mit aller Macht herein. *Alles war im Wandel. Die Natur - und mein Leben.*

Während ich den ersten Blättern beim Herabfallen zusah, flog auf einmal die Tür auf und Mathilde kam ungewohnt raschen Schrittes in die Bibliothek.

Sie trug einen großen Karton, den sie vor meinem Schreibtisch auf den Boden stellte.

Was das wohl sollte?

Ich erfuhr es schneller, als mir lieb war. Die Haushälterin öffnete das Ungetüm, hob mich unsanft von meinem Platz und ließ mich hineinfallen.

„Aua!", schrie ich verzweifelt. „Was soll das? Was machst du mit mir?"

Natürlich kam keine Antwort. Stattdessen wurde der Deckel über mir zusammengeschlagen und mit Klebeband verschlossen.

Dann wurde ich mit meinem Gefängnis in die Höhe gehoben und weggetragen. Vor Angst schwanden mir die Sinne.

Als ich wieder zu mir kam, hörte ich um mich herum ein gewaltiges Dröhnen. Etwas schaukelte unaufhörlich, sodass meine Hebel wild durcheinander klapperten und mir richtiggehend schlecht wurde. *Wo war ich nur?*

Ich versuchte, einen klaren Gedanken zu fassen. Der Lärm musste von einer dieser Blechkisten kommen, von denen Janus mir des Öfteren erzählt hatte. *Automobile* hatte er sie genannt. Man konnte sich mit ihnen fortbewegen. *Aber wohin?*

Auf einmal flog ich mitsamt meiner Kiste ein Stück und krachte gegen etwas Hartes. Doch wenigstens hatte das Dröhnen aufgehört.

MERKUR

Merkurs Ventilator brummelte verärgert vor sich hin. Mathilde hatte ihn mitten im Gang vor der Eingangstür abgestellt. Wer war er denn, dass sie ihn einfach so stehen ließ! Jetzt schleppte sie eine riesige Kiste heran. Wo sie damit hinwollte? Sie stellte sie auf den Boden und verschwand. *Zu blöd, dass das Ding zugeklebt ist.*

So sehr Merkur sich auch bemühte, er konnte keinen Spalt finden, durch den er hindurchschauen konnte.

„Hallo! Ist da jemand drin?", rief er, doch es kam keine Antwort. Er glaubte zwar, ein schwaches Wimmern zu hören, das ihm merkwürdig bekannt vorkam, konnte es aber nicht zuordnen.

„Hallo! So antworte mir doch!", versuchte er es abermals. Doch nichts rührte sich. Noch bevor er einen dritten Versuch starten konnte, war Mathilde wieder da. Sie nahm ihren Mantel vom Kleiderhaken, öffnete die Tür, schleppte die Kiste hinaus und warf die Tür hinter sich zu. Das Letzte, was Merkur hörte, war das Aufheulen eines Motors.

Schon wieder ein Karton weg. Das musste er unbedingt Athene erzählen.

ATHENE

Nach schier endlosen Minuten hörte ich plötzlich ein Knarzen wie von einer sehr alten Tür. Dann wurde ich samt meinem Verlies aufgehoben und ein Stück getragen, danach wieder abgestellt. Wie von Ferne vernahm ich Stimmen. Eine davon glaubte ich, als die Mathildes identifizieren zu können.

„Dann also wie abgemacht. Er wird die Sachen dann in einigen Tagen hier abholen."

„Gern, gnä` Frau", antwortete eine heisere Männerstimme.

Wieder absolutes Schweigen, Grabesstille. Und so fühlte ich mich auch. *Wie lebendig begraben.*

Genau so musste es dem armen Janus ergangen sein, in seiner tiefen, einsamen Gruft. *Ob mir jetzt das gleiche Ende drohte?*

Janus, du bist wahrlich zu einem denkbar schlechten Zeitpunkt gestorben! Du hättest sicher sofort gewusst, was zu tun ist, um alles aufzuklären. Wärest du noch am Leben, wäre mir das alles bestimmt nicht passiert ...

Noch während ich den letzten Satz dachte, ahnte ich, dass das nur die halbe Wahrheit war. Denn schließlich hatten die merkwürdigen Vorkommnisse erst *nach* seinem Tod begonnen.

MERKUR

Viel später als sonst war Merkur mit seiner Runde fertig. Kaum hatte die Haushälterin die Abstellkammer verlassen, hörte er den Föhn rufen: „W-w-weißt d-d-du es schon? Sie haben sie weggebracht!"
„Wen?"
„A-A-Athene."
Merkurs Beutel schien sich vor Schreck auf Erbsengröße zusammenzuziehen.
„Bist du ganz sicher? Woher weißt du das? Von wem hast du das gehört?"
„M-M-Mathilde."
„Von Mathilde? Wann, wo, wie?"
„S-S-Sie holte eine Schachtel aus der K-K-Kammer und schimpfte: Jetzt muss ich d-d-diese b-b-blöde Schreibmaschine wegbringen."
„Und wohin? Wohin hat sie sie gebracht?"
„W-W-Weiß nicht."
Merkur war fassungslos. Er fühlte sich leer und einsam. Athene war weg. Einfach so.
„T-T-Tut mir leid."
Das war zu viel für Merkur. Sein Beutel fühlte sich an wie ein Klumpen, der wie Blei in seinem Gehäuse lag. Er begann, hemmungslos zu schluchzen.

SCHWARZE HANDSCHUHE

Die Finger mit den schwarzen Handschuhen trommelten auf der Tischplatte. Endlich klingelte das Telefon. Die Hand riss den Hörer von der Gabel.

„*Ja?*"

Die Anspannung der Hand und die Schwingungen der Stimme am anderen Ende der Leitung übertrugen sich auf das sensible Leder der Handschuhe. Dann Schweigen.

„Also alles erledigt? Und auch nichts vergessen? Die ganze Liste abgearbeitet?"

Wieder Anspannung, Schwingungen und Schweigen.

„Na gut. Dann werde ich jetzt weitermachen."

Die Hand knallte den Hörer auf die Gabel und griff nach einem Mantel.

ATHENE

Ich war gefangen in einer tiefen Höhle. Um mich herum schwarze Mauern, die mein Verlies umschlossen. Plötzlich ein Knistern und Rupfen, ein Reißen und Zupfen. Dann eine scharfe Kralle, die sich ihren Weg durch mein Gefängnis bahnte und es Stück für Stück aufriss.

Ich zitterte am ganzen Leib, jede meiner Tasten vibrierte und das Farbband pulsierte in höchster

Frequenz. *Was erwartet mich?* Nach wenigen Schnitten war die Kiste offen und ich wurde herausgehoben. Ich blickte in das mir unbekannte Gesicht eines Mannes mittleren Alters. Dieser trug mich durch eine große Halle, vorbei an hohen Regalen, die mit allerlei Dingen gefüllt waren. An den Stirnseiten der Stellagen waren kleine Schildchen angebracht. *Alberts Pfandleihe. Hier bin ich also gelandet,* dachte ich bei mir. Schließlich blieb der Mann stehen und stellte mich in ein noch leeres Fach. Dann entfernte er sich und schaltete das Licht aus.

Ich versuchte, meine Umgebung zu erkennen. Dies war jedoch aufgrund der Dunkelheit ein hoffnungsloses Unterfangen.

„Hallo, hört mich irgendjemand?", rief ich in den Raum. Keine Antwort.

Plötzlich ging das Licht an und Schritte näherten sich. Es war derselbe Mann wie zuvor, der eine Kiste herbeischleppte, sie abstellte und wieder verschwand. Das wiederholte sich drei Mal.

Anschließend begann er, die Kartons auszupacken. Nacheinander holte er eine alte Teekanne samt Tassen sowie einen antiken Kamm heraus und stellte sie in ‚mein' Regal. All dies gehörte einst Janus' erster Ehefrau Titania. Es kamen noch weitere Dinge hinzu, die alle von Janus stammten, unter anderem sein Siegelring.

Ich war fassungslos und wartete angespannt, bis der Mann mit dem Auspacken fertig war. Endlich ging er davon.

„Hallo Schreibmaschine, lang nicht gesehen", begrüßte mich der Ring. „Kannst du mir vielleicht erklären, was hier vor sich geht?"

„Freut mich auch, dich zu sehen, Siegel." Mir war seine herablassende Art schon immer zuwider gewesen und in meiner derzeitigen Gemütslage konnte ich sie erst recht nicht verkraften.

„Oh, wir sind wohl heute etwas gereizt", gab das Siegel spitz zurück.

„Ob *du* gereizt bist, weiß ich nicht. *Ich* jedenfalls bin soeben in einer mir vollkommen unbekannten Pfandleihe gestrandet und habe nicht die leiseste Ahnung, warum. Ja, wenn du es wissen willst, ich bin heute tatsächlich etwas gereizt."

„Lustig, lustig. Miss Superschlau ist ratlos!"

„Jetzt halt mal die Luft an! Anstatt große Reden zu schwingen, könntest du mir lieber helfen herauszufinden, was hier vorgeht. Denn dir scheint das Ganze ja nichts auszumachen."

Der Ring schwieg. Ich glaubte schon, dass er endlich aufgegeben hätte, gegen mich anzustänkern. Aber dann legte er erst richtig los: „Wenn du wissen willst, wer Schuld hat an dem Schlamassel, in den wir geraten sind, dann frag doch mal dich selbst! Du hast nach dem Tod des Alten einen derartigen Wind gemacht und alle aufgescheucht. Das konnte ja nicht gut gehen. Du arrogantes, kleines Tippsengehäuse, du …"

„Siegel, halt einfach mal die Klappe!", wurde er da aus der Ecke unterbrochen. Die Teekanne schäumte schier vor Wut.

„Hältst du es für vernünftig, hier so einen Aufstand zu machen? Athene hat absolut recht. In unserer jetzigen Situation müssen wir zusammenhalten! Egal, wer welche Meinung über den anderen hat. Das muss jetzt mal hintanstehen, damit wir eine Chance haben, heil aus dieser misslichen Lage herauszukommen."

„Ich soll also mit dieser Schreibmaschine gemeinsame Sachen machen? Mit ihr gut Freund sein? Und das, obwohl sie mir Janus ausgespannt hat?"

„Wie bitte? Was meinst du damit?" Ich war völlig perplex.

„Ich soll dir Janus ausgespannt haben?"

„Wie würdest du es denn nennen, wenn du jahrelang auf seinem Finger steckst, mit ihm den ganzen Tag und manchmal auch die Nacht verbringst. Und plötzlich wirst du einfach so abgenommen und beiseitegelegt. Stattdessen wendet er sich mehr und mehr einem Anderen zu. Und du kannst nichts tun, als von fern zuzusehen."

„Kupferallergie", entgegnete ich. „Janus musste dich herunternehmen, weil er gegen dein Material allergisch war. Derartige Unverträglichkeiten entstehen oft erst im Laufe der Zeit. Dann wird es leider notwendig, dass man sich von den Sachen, die einen kran kmachen, trennt."

Der Siegelring schwieg. Er schien das Gehörte zu überdenken.

„Ich habe ihn also krank gemacht. Willst du damit sagen, dass ich auch schuld bin an seinem Tod?"

„Blödsinn. Die Allergie hat seine Finger grün gefärbt und Juckreiz verursacht. Das ist zwar lästig, aber nicht tödlich."

„Und was schlägst du vor, sollen wir jetzt tun?", fragte der Ring nach einer abermals sehr langen Pause.

„Ich würde vorschlagen, wir ruhen uns erst einmal alle aus. Und morgen früh würde ich dann gerne jedem, der mit mir sprechen möchte, ein paar Fragen stellen."

MERKUR

„N-e-e-ein!", hallte es gellend durch die Abstellkammer.

Merkur schreckte aus seinem bleiernen Schlaf und suchte nach der Quelle des Schreies.

„N-e-e-ein!", tönte es wieder aus der Richtung des Föhns.

„Föhn, was ist los? So beruhige dich doch!"

„D-D-Die schwarzen Handschuhe!"

„Wo?", flüsterte Merkur.

„T-T-Tür."

Jetzt sah auch Merkur, wie zwei Lederhandschuhe langsam die Tür aufschoben. Obwohl er wusste, dass Menschen ihre Frequenzen nicht hören konnten, hielt er den Atem an.

Eine Person betrat den Raum. Er versuchte, ihr Gesicht zu erkennen. Aber es war vollständig von Dunkelheit umgeben. Der Eindringling ging zielstrebig auf einen kleinen Kasten zu, nahm ihn vom Regal und verließ den Raum.

„Sie sind weg", flüsterte Merkur. „Es ist nichts passiert."

Doch es kam keine Antwort. Wenn nicht das leise Wimmern des Föhns zu hören gewesen wäre, hätte er geglaubt, er wäre allein in der Kammer.

„Föhn. So hör mir doch bitte zu! Die schwarzen Handschuhe sind weg. Es ist nichts passiert. Es besteht keine Gefahr mehr für dich. Sie können dir nichts mehr tun."

„S-S-Sie haben es schon g-g-getan. Sie haben k-k-kleinen K- K-Kasten mitgenommen."

„Was ist in dem Kasten?"

„G-G-Geheimnis."

„Willst du mir nicht sagen, was für ein Geheimnis?"

„D-D-Darf nicht."

„Aber warum darfst du das nicht?"

„V-V-Versprochen."

„Wem hast du das versprochen?"

„F-F-Freund."

„Aber wir sind doch auch Freunde. Dann kannst du mir doch auch anvertrauen, was in dem kleinen Kästchen ist."

„D-D-Der Schlüssel."

„Welcher Schlüssel? Für welches Schloss?" Doch der Föhn schwieg.

ANDROMEDA

Reglos saß Andromeda in der Ankleide und starrte auf die schwarze Lilie. Die Haut der Witwe, die einst rosig gestrahlt hatte, war grau und schlaff. Ihr Gesicht glich einer Maske.

Wie in Zeitlupe bewegten sich ihre Finger auf die Lilie zu und berührten sanft die Blüte der Pflanze. Mit brüchiger Stimme begann sie, zu singen:

„Lilie oh Lilie,
jetzt rief ihn die Gruft.
Erst war ich gefangen,
nun atme ich Luft.

Lilie oh Lilie,
jetzt fühl ich mich frei.
Die Zeit meines Leidens ist
bald schon vorbei.

Lilie oh Lilie,
seh` überall Glut.

Der Preis für die Freiheit
sind Hände voll Blut.

Lilie oh Lilie,
was wird jetzt geschehen?
Werde ich bleiben,
werde ich gehn?

Lilie oh Lilie,
was ist dein Plan?
Ich drifte im All,
Planet aus der Bahn."

Plötzlich wurde ihre Hand von einem krampfartigen Zittern erfasst. Ihre Finger schlossen sich um die Blüte der Lilie und zerquetschten die zarten Blätter.

Minuten später öffnete sie ihre Hand wieder und starrte wie in Trance auf die Überreste der Pflanze.

DER DOKTOR

„Doktor, endlich!", fing ihn Mathilde gleich an der Haustür ab.

„Sie singt also schon wieder", entgegnete der Arzt. „Ja, das war vorauszusehen."

„Ihr Zustand erscheint mir immer bedrohlicher."

„Dann werde ich mal sehen, was zu tun ist." Er ließ die Haushälterin stehen und ging schnellen

Schrittes in Richtung Ankleide. In seiner Hand trug er ein langes schmales Rohr.

An der offenen Tür hielt er inne und beobachtete, wie die Frau mit fahrigen Bewegungen versuchte, die Blütenblätter der Lilie glatt zu streichen. Dabei murmelte sie:

„Was hab ich nur getan, was hab ich nur getan. Alles kaputt, alles tot, alles ..."

Plötzlich wurde sie sich der Gegenwart des Arztes gewahr, der neben sie trat.

„Sag mir, was hab ich nur getan ..."

„Das Richtige", entgegnete der Doktor mit heiserer Stimme.

„Und schon bald sollst du dafür deinen gerechten Lohn erhalten."

Er öffnete das schmale Rohr, zog eine weiße Lilie heraus und stellte sie in die leere Vase. Dann führte er die Frau, die die Reste der schwarzen Lilie fest in ihrer Hand hielt, ins Schlafzimmer und schloss die Tür.

MERKUR

Am nächsten Morgen wartete Merkur ungeduldig darauf, dass er von Mathilde abgeholt wurde. Er hatte während der Nacht immer wieder versucht, vom Föhn etwas über den Schlüssel in der kleinen Kiste zu erfahren. Aber dieser hatte geschwiegen wie ein Grab.

Endlich kam die Haushälterin und die Runde begann. Aufmerksam sah Merkur sich um, ob er vielleicht etwas Verdächtiges entdecken konnte. Doch es war nichts Ungewöhnliches zu sehen.

Normalerweise hasste er den stressig-gründlichen Herbstputz. Aber jetzt bedauerte er, keinen Blick in die Schränke und auf die Regale werfen zu können. Wenn er mit seinem Saugrüssel auf dem Boden bleiben musste, entging ihm bestimmt einiges.

Mit einer ruckartigen Bewegung zerrte Mathilde ihn weiter. Der konnte es heute anscheinend nicht schnell genug gehen.

Da würde er ja nicht mal Zeit für einen kleinen Schwatz haben.

Während er den häuslichen Staub in sich aufsog, kamen sie der Bibliothek immer näher. Merkur fühlte, wie ihm auf einmal eiskalt wurde. Jetzt war er bald da. Der Augenblick der Wahrheit! Denn solange er Athenes Verschwinden nicht selbst gesehen hatte, konnte er sich noch an die Hoffnung klammern, dass alles nur das Gerede eines durchgeknallten Haartrockners war.

Die Haushälterin öffnete die Tür. Wie magnetisch angezogen starrte Merkur auf die Stelle, an der Athene sonst immer gestanden hatte.

Es war also wahr. Wie durch Nebel spürte er, wie Mathilde an seinem Kabel zog und auf seine Schalter einschlug. Er hörte sie schimpfen: „Du elendes Ding, hast wohl einen Wackelkontakt! Beweg dich schon, sonst mach ich dir Beine!"

Merkur riss sich zusammen, atmete tief durch und setzte hastig seine Arbeit fort. Er durfte sich auf keinen Fall einen weiteren Aussetzer erlauben. Sonst würde auch seine Zeit sehr schnell gekommen sein.

ATHENE

Ich erwachte spät, jedoch immer noch vor den anderen. Vor lauter Erschöpfung hatte ich geschlafen wie ein Stein. Aber jetzt war ich hellwach, und voller Tatendrang. Es war an der Zeit, Pläne zu schmieden.

Ich war zwar fern meiner gewohnten Umgebung. Doch das durfte mich nicht daran hindern, meine Ermittlungen fortzusetzen. Sicherlich hatte der eine oder andere Mitgefangene etwas zu berichten, was mir bei der Lösung des Falles weiter helfen konnte.

Die Tassen und Kannen waren wohl die gesellschaftlich aktivsten. Sie gehörten schon seit Ewigkeiten zu Janus` Haushalt, hatten bestimmt viele Leute kennengelernt und einiges mitbekommen.

Der Kamm hatte zwar nur einen eingeschränkten Aktionskreis. Doch vielleicht konnte er mir Einzelheiten zu den Vorfällen im Badezimmer erzählen, die zu Titanias Tod und der Behinderung des Föhns geführt hatten.

Aber was kann ich von dem Siegelring erfahren? Gut, er war lange Zeit ein enger Weggefährte von Janus gewesen. Ich war mir allerdings nicht sicher, inwieweit ich ihm trauen durfte. Denn immerhin hatte er mich anfangs für ihre Trennung verantwortlich gemacht. Mir blieb nichts übrig, als abzuwarten, ob die Standpauke der Teekanne gefruchtet hatte.

MERKUR

Wieder zurück in der Abstellkammer erzählte Merkur dem Föhn von seinem Erlebnis in der Bibliothek. Nicht, dass er eine Antwort von ihm erwartet hätte. Er musste sich einfach jemandem mitteilen.

„D-D-Du hast mir also nicht g-g-geglaubt", klang es plötzlich vom Regal herunter.

Merkur wusste nicht, was er sagen sollte.

Doch der Föhn fuhr fort: „W-W-Weil ich ein stotternder Nichtsnutz b-b-bin."

Da brach es aus Merkur heraus: „So einen Blödsinn habe ich ja noch nie gehört! Das hat überhaupt nichts mit deinem Sprechen zu tun!"

„W-W-Womit d-d-denn d-d-dann?"

„Mit mir! Dass ich nicht wahrhaben wollte, dass Athene weg ist. Dass ich mich verzweifelt an die Hoffnung geklammert habe, dass du dich vielleicht geirrt haben könntest. Weil ich ohne sie nicht mehr weiter weiß. So viel offene Fragen und keine Antworten."

„K-K-Kassandra."

„Wie, was Kassandra?", fragte Merkur müde.

„D-d-der Schlüssel g-g-gehörte K-K-Kassandra."

ATHENE

Endlich rührte sich etwas im Regal. Die Teekanne und ihre Tassen hatten ausgeschlafen. Die Tassen tuschelten eine Weile aufgeregt miteinander. Dann ergriff die Kanne das Wort: „Ruhig, meine Lieben. So beruhigt euch doch! Ihr dürft ja alle dabei sein, wenn ich mit Athene spreche."

„Guten Morgen zusammen", nutzte ich die Gelegenheit zu einer Begrüßung.

„Guten Morgen, Athene", klang es im Chor zurück.

„Na, habt ihr gut geschlafen?", fragte ich, um das Gespräch zu eröffnen.

„Nicht wirklich", entgegnete die Teekanne. „Ich vermisse mein handgesticktes Spitzendeckchen, das mir im Schrank als Unterlage diente."

„Oh ja, wir vermissen es auch", wiederholten die Tassen.

„Nun, dann ist es hier bestimmt schrecklich unbequem für euch. Aber vielleicht lenkt es euch ja ab, wenn ihr mir etwas aus eurem Leben erzählt. Ihr habt sicher viele interessante Menschen kennengelernt. Es würde mich freuen, von ihnen zu hören."

„Ach ja", seufzte die Teekanne. „Das ist aber schon sehr, sehr lange her. In letzter Zeit standen wir nur noch im Schrank und langweilten uns. Und das nur, weil wir nicht spülmaschinenfest sind."

„Oh ja, leider nicht spülmaschinenfest", echoten die Tassen.

„Aber früher, da wart ihr doch strahlender Mittelpunkt jeglicher Teerunde?"

„Das waren wir allerdings. Und es waren unzählige Runden. Jedes Wochenende traf sich die Familie mit Freunden. Es wurde Tee getrunken und Kuchen gegessen. Alle unterhielten sich und hatten Spaß. Und die Leute liebten unser handbemaltes Porzellan. Das waren wirklich wunderbare Zeiten."

„Wunderbare Zeiten", wiederholten die Tassen.

„Und könnt ihr euch noch erinnern, wer alles von der Familie dabei war und welche Freunde?"

„Nun, von der Familie Janus und seine damalige Frau Titania, so wie ihre Kinder Esmeralda und Justus. Und an Freunden der Doktor, dessen Frau und Tochter. Manchmal waren auch noch andere Freunde und Bekannte anwesend, aber deren Namen sind mir nicht im Gedächtnis geblieben."

„Uns nicht im Gedächtnis geblieben", bestätigten zu meinem Bedauern auch die Tassen.

„Aber diese Sieben waren immer dabei?"

„Anfangs schon, aber dann fehlten mit einem Mal die Frau des Doktors und seine Tochter. Und das war sehr schade, denn beide hatten so wunderbar zarte Hände und Lippen, mit denen sie unser Porzellan umschmeichelten. Als sie weg waren, war auch die Stimmung lange Zeit sehr bedrückt."

„Sehr bedrückt", kam das unvermeidliche Echo.

„Und habt ihr jemals erfahren, was mit ihnen geschehen ist?"

„Darüber fiel kein Wort. Doch nach ihrem Verschwinden trugen alle eine ganze Zeit schwarz. Deshalb vermuteten wir das Schlimmste."

„Das Schlimmste."

„Aber die verbliebene Runde blieb dann bis zum Schluss zusammen?", bohrte ich weiter.

„Nun ja, solange wir bei den Teetreffen dabei waren, schon. Wir haben jedoch von den Spülmaschinenfesten gehört, dass auch Titania und die Kinder mit der Zeit ausgeblieben sind. Geblieben sind nur Janus und der Doktor."

„Nur Janus und der Doktor."

„Und, bevor ich es vergesse. Erinnert ihr euch noch an die Namen der Frau und der Tochter des Doktors?"

„Nein, die sind leider durch unseren Schmerz verblasst", entgegnete die Teekanne mit leisem Bedauern.

„Leider verblasst."

MERKUR

„D-D-Der Schlüssel g-g-gehörte K-K-Kassandra."

Merkur zermarterte sich das Gehirn. Wenn er nur wüsste, wer Kassandra war. Er war sicher, den Namen schon einmal irgendwo gehört zu haben, konnte sich aber nicht erinnern, in welchem Zusammenhang. Natürlich hatte er den Föhn gefragt. Aber der hatte geschwiegen.

Er startete einen letzten Versuch. „Föhn. Antworte mir bitte! Es geht ja nicht nur um die Ermittlungen wegen Janus` Tod. Vielleicht ist Kassandra in Gefahr. Und wir könnten ihr helfen ..."

„K-k-könnt ihr nicht helfen. Sie ist weg."

„Wo ist sie?"

„M-M-Muss K-K-Kassandra b-b-beschützen ..."

„Wovor musst du sie beschützen?"

„V-V-Vor schwarzen Handschuhen."

„Aber wer verbirgt sich hinter den schwarzen Handschuhen?"

„D-D ..."

„Was ist los? Warum sprichst du nicht weiter?"

„S-S-Sie k-k-kommen ..."

Die Tür flog auf und die Silhouette einer Gestalt mit schwarzen Lederhandschuhen erschien. Trotz der Dunkelheit in der Kammer ging sie zielstrebig auf den Föhn zu, packte ihn und steckte ihn in einen grauen Plastiksack. Dann verließ sie den Raum ebenso schnell, wie sie gekommen war.

SCHWARZE HANDSCHUHE

„So, jetzt hab ich dich endlich doch erwischt!"

Der Föhn lag wie ein Häufchen Elend in den behandschuhten Händen.

„Ich hätte dich schon viel früher beseitigen sollen. Denn deine Existenz war lange genug ein Stachel in meiner Seele, ein Schandfleck in meinem sonst so perfekten Plan."

Gedankenverloren strichen die Finger der rechten Hand über das zerkratzte Gehäuse.

„Warst ja ein zähes Kerlchen. Hast sogar den Sturz in die Badewanne überlebt."

Die Hände wickelten das Kabel um den Griff.

„Und Janus, dieser sentimentale Trottel, hat dich in der Abstellkammer aufbewahrt, weil er es nicht fertigbrachte, dich wegzuwerfen. Hast ja schließlich seinem Augapfel gehört."

Die Hände schüttelten sich vor bitterem Lachen.

„Ja, ja, in solchen Sachen konnte er Gefühle zeigen."

Die Hände verharrten einige Augenblicke über dem Abhang, an dessen Fuß sich ein Fluss schlängelte. Dann hob sich der Arm und schleuderte den Föhn in die Tiefe.

ATHENE

Nachdem die Teekanne und ihre Tassen keine weiteren Einzelheiten mehr wussten, sah ich mich um, wen ich als nächsten befragen konnte. Die Zeit drängte, denn es bestand immer die Gefahr, dass Mathildes großer Unbekannter kam und uns wegbrachte, trennte oder Schlimmeres anstellte.

Noch während ich überlegte, hörte ich aus der Ecke ein verschlafenes Gähnen. *Aha, der Kamm ist wach.*

„Guten Morgen, Kamm, na, schon ausgeschlafen?"

„Ach, einst war ich Frühaufsteher. Aber das ist schon lange nicht mehr nötig."

„Dann kämmst du also jetzt die Haare einer Langschläferin?"

„Nein, seit damals kämme ich niemanden mehr. Ich liege nur Tag ein, Tag aus nutzlos herum."

„Und wen hast du früher gekämmt, der dich nun nicht mehr braucht?"

„Titania."

Mir stockte der Atem. „Warst du damals dabei, als es geschah?"

„Ja, ich habe alles mit angesehen."

„Und hast du das Gesicht der Person mit den schwarzen Handschuhen erkannt?"

„Nein, das habe ich nicht gesehen. Die schwarzen Handschuhe sind nur im Türspalt erschienen."

„*Was?* Und wer hat dann den Föhn in die Wanne geworfen?"

„Kassandra, Titanias Stieftochter."

Ich war sprachlos. Nichts machte einen Sinn. Nach einer langen Pause fragte ich deshalb: „Tut mir leid, ich bin absolut verwirrt. Erzähle mir bitte der Reihe nach, was du an jenem Tag beobachtet hast."

„Nun gut. Titania hat ein Bad genommen. Kassandra hat sich geföhnt. Das war nicht ungewöhnlich, da sich beide sehr gut verstanden. Plötzlich ging die Badezimmertür einen Spalt auf. Es erschienen Finger, die in schwarzen Lederhandschuhen steckten. Kassandra ist darüber derartig erschrocken, dass sie den Föhn in die Badewanne fallen ließ. Gleich darauf waren die Finger verschwunden und die Badtür schloss sich wieder. Kassandra starrte dann noch eine ganze Weile auf den grauenhaften Inhalt der Wanne. Sie zitterte am ganzen Leib, ihre Tränen vermischten sich mit dem tödlichen Wasser. Dann bewegte sie sich langsam, mit schlurfenden Schritten, rückwärts zur Tür. Ihre Hände tasteten nach dem Griff, öffneten die Tür und Kassandra verließ den Raum. Sie hat das Bad danach nie mehr betreten. Die Handtücher erzählten mir, sie benutzte von nun an das Gästebad und eine dieser neumodischen Haarbürsten.

„Ich fass` es nicht!", murmelte ich. Die Erzählung des Kammes ergab Sinn. Doch dann musste der Föhn gelogen haben.

„Was kannst du nicht fassen?"

„Nun, der Föhn hat meinem Assistenten Merkur, dem Staubsauger, erzählt, dass die schwarzen Handschuhe ihn in die Wanne geworfen hatten. Das passt aber nicht zu deiner Geschichte."

„Der Föhn wollte Kassandra schützen."

„Aber warum?", fragte ich, obwohl ich die Antwort bereits zu kennen glaubte.

„Weil er in sie verliebt war. Er schwärmte ständig von ihren langen, samtigen Haaren und ihren zarten Fingern, die sein Gehäuse sanft berührten."
„Und deshalb hat er gelogen?"
„Nun ja, gelogen würde ich es nicht unbedingt nennen. Denn wären die schwarzen Handschuhe nicht in der Tür erschienen, hätte Kassandra ihn nicht in die Wanne fallen lassen."
„Dann bleibt die Frage, was die schwarzen Handschuhe im Türrahmen gewollt haben."

MERKUR

„S-S-Sie k-k-kommen!" Die letzten Worte des Föhns hallten noch lange in Merkurs Gehörgängen nach. In ohnmächtiger Verzweiflung starrte er hinter ihm her. Wenn er sich doch nur aus eigener Kraft fortbewegen könnte! Er fühlte sich so allein. Erst war Athene entführt worden. Dann hatten die schwarzen Handschuhe den Föhn mitgenommen.

Und jetzt kam auch noch Mathilde. Er musste sich zusammenreißen. Durfte seine Gefühle nicht zulassen. Sich ja keinen Aussetzer leisten. Denn sonst würde sie ihn entsorgen. Angedroht hatte sie es ja schon.

Tapfer setzte er sich in Bewegung. Das gemächliche Dahingleiten auf gewohnten Bahnen tat ihm gut, lenkte ihn ab und legte sich wie eine Decke über seinen Schmerz.

Zwischenzeitlich waren sie im Flur angelangt und hatten den Fußabstreifer vor der Haustür gesaugt. *Aber was ist das?* Mathilde ließ ihn stehen und verschwand im Haus.

Merkur blickte sich um. Der Parkplatz war leer. Keine Menschenseele zu sehen. An der Hauswand hing ein weißer Kasten mit goldenen Lettern, auf dem die Jahreszeiten deutliche Spuren der Verwitterung hinterlassen hatten. Merkur kam eine Idee: „Hallo Briefkasten. Hast du mal kurz Zeit?"

„Immer, ich hänge ja eh den ganzen Tag nur rum."

„Hast du eine Gestalt mit schwarzen Handschuhen aus der Tür kommen sehen? Die einen grauen Plastiksack mit sich trug?"

„Nein. Bei mir ist sie nicht vorbeigekommen."

„So ein Mist. Dann ist sie wohl durch den Hinterausgang verschwunden. Und ist dir vielleicht in der letzten Zeit etwas Ungewöhnliches aufgefallen?"

„Wo du die Handschuhe erwähnst. Da war tatsächlich etwas sehr Seltsames. Die haben sich des Öfteren an meinem Schloss zu schaffen gemacht und die Post durchgesehen. Sie haben auch einige Briefe, die an Janus adressiert gewesen waren, herausgeholt."

„Und hast du das Gesicht erkannt?"

„Nein, leider nicht. Der Hut war immer weit ins Gesicht gezogen und die Krempe tat ihr Übriges, es zu verdecken."

Merkur seufzte lang und tief.

„Was gibt es?", fragte der Briefkasten.

„Ach, es ist zum Verrücktwerden! Keiner hat das Gesicht der Person mit den schwarzen Handschuhen gesehen."

„Tut mir leid, wenn ich dir nicht helfen konnte", entgegnete der Briefkasten geknickt.

Merkur riss sich zusammen: „Nein. So war das nicht gemeint. Du hast mir geholfen. Was du mir da über den Diebstahl von Janus` Briefen erzählt hast, ist sehr interessant. Tut mir leid, wenn ich etwas ungeduldig war."

Plötzlich spürte er Mathildes Hände und wurde wieder ins Haus gezogen.

„Kein Problem!", rief ihm der Briefkasten noch nach.

JUSTUS

„Mathilde!", hallte es durchs Haus. „Mathilde! Komm bitte sofort her!"

Wütend lief Justus auf und ab. *Das darf doch nicht wahr sein! Wo ist die Schreibmaschine abgeblieben? Und wo zum Teufel steckt Mathilde?*

„Sie haben gerufen?"

„Allerdings. Nicht zum ersten Mal. Du kannst mir bestimmt sagen, was mit Vaters Schreibmaschine geschehen ist. Warum steht sie nicht mehr an ihrem Platz?"

„Ich musste sie wegbringen. Sie und den Siegelring."

„Und wohin?" Mathilde schwieg.

„Wohin? Verdammt! Nun mach schon deinen Mund auf und sag mir, was los ist."

Justus packte Mathilde an den Schultern und schüttelte sie.

„Nun hör mir mal gut zu. Ich bin Janus` Erbe. Ich habe ein Recht darauf zu erfahren, was mit seinen Sachen passiert ist!"

„Ich habe sie ins Leihhaus gebracht", murmelte Mathilde.

„Was, wohin? Sag das noch mal!"

„Ich habe sie ins Leihhaus gebracht."

„Wie kannst du es wagen!"

„Ich musste. Er hat es mir befohlen."

„*Wer* hat es dir befohlen?"

Doch Mathilde antwortete nicht mehr.

ATHENE

Das ergibt alles keinen Sinn! Teetreffen, deren Teilnehmer immer weniger wurden. Ein angeblicher Mord, den viele für einen Selbstmord hielten, der aber irgendwie auch ein Unfall war.

Die Aufklärung, die ich mir von den anderen erhofft hatte, hatte die Verwirrung nur schlimmer gemacht.

„Wenn doch nur Janus noch leben würde. Der wüsste bestimmt, was zu tun ist."

„Der wüsste bestimmt, was zu tun ist", kam plötzlich die sarkastische Stimme des Siegelringes aus der Dunkelheit.

„Der liebe, gute, alte Janus. Deine Lösung für alle Probleme. Aber vielleicht kann *ich* dir ja helfen. Welches Wort in deinem letzten Satz war falsch?"

„Was meinst du damit?"

„Stell dich nicht dümmer, als du bist! Du hast mich schon verstanden. Du willst es nur nicht wahrhaben."

„Was?", fragte ich verzweifelt.

„Dass du in gewisser Hinsicht genauso handelst wie der Föhn."

„Wie bitte?"

„Nun, der Föhn wollte durch seine Lügen die von ihm verehrte Kassandra schützen. Und du willst nicht wahrhaben, dass dein von dir so hoch geschätzter Janus nicht nur die Lösung deiner Probleme kannte, sondern auch die Ursache dafür war."

„Wie meinst du das?"

„Das, meine Liebe, musst du schon selbst herausfinden."

MERKUR

Merkur und Mathilde hatten inzwischen ihre Runde fortgesetzt. Anscheinend war endlich Herbstputz angesagt, denn auf einmal fand sich Merkur im schon lange nicht mehr genutzten Nähzimmer wieder. Zum Glück machte die Haushälterin Mittagspause. So konnte er ungestört seinen Gedanken nachhängen.

„Die ganze Sache wird immer verzwickter. Und hinter allem steht ein großes Warum. Und wer ist Kassandra?"

„Kas-san-dra ist Es-me-ral-das Halb-schwes-ter", klang es hinter ihm im Stakkato.

Merkur sprang fast in die Höhe.

„Hey, Nähmaschine! Hast du mich erschreckt! Und woher weißt du das überhaupt?"

„Ich ha-be lan-ge für Es-me-ral-da ge-näht. Bis zu ih-rem Tod."

„Und was hast du für sie genäht?"

„Al-les. Und am En-de ihr To-ten-kleid."

„Ihr Totenkleid? Sie konnte doch gar nicht wissen, wann ..."

„Selbst-mord."

„Wie bitte?"

„Es-me-ral-da hat Selbst-mord be-gan-gen."

„Aber woher weißt du, dass sie sich das Leben genommen hat?"

„Sie hat es mir ge-sagt."

„*Was?*"

„Ja, sie war tod-krank und woll-te kein En-de in grau-sa-men Schmer-zen."

„Und woher hat sie gewusst, dass ..."

„Der Dok-tor hat es ihr ge-sagt."

„Und wie hat sie sich umgebracht?"

„Sie hat ..."

In diesem Moment kam Mathilde zurück und zog Merkur aus dem Raum, noch bevor die Nähmaschine ihren Satz beenden konnte.

SCHWARZE HANDSCHUHE

„Und dann hast du es ihm verraten." Die eisige Kälte der Stimme übertrug sich auf die Handschuhe.

„Aber ich musste es doch. Er hat mich gezwungen." Die Verzweiflung der Stimme aus dem Telefonhörer spiegelte sich in ihren Schwingungen wieder.

„Und wie? Hat er dich bedroht? Hat er dir seine Gunst oder viel Geld versprochen?"

„Er sagte mir, als Erbe von Janus habe er ein Recht darauf, zu erfahren, wo sich die Sachen befänden."

„Da hat er wohl recht". Wie zur Bestätigung trommelten die schwarz behandschuhten Finger auf der Wählscheibe des alten Telefons.

„Was hätte ich denn tun sollen?" Tränenerstickte Schwingungen vom anderen Ende der Leitung.

„Und hast du ihm sonst noch etwas verraten? Vielleicht sogar meine Identität?"

„Nein! Nein! Nein! Das habe ich nicht! Er hat mich zwar gefragt. Aber ich habe geschwiegen. Und er ist danach auch ganz schnell verschwunden."
„Du hast ihm also nicht meinen Namen genannt?"
„Nein! Lieber wäre ich gestorben."
„Ja, das wärst du wohl."

ATHENE

Mir ging das Gespräch mit dem Siegelring nicht aus dem Kopf. Wie hatte er noch gleich gesagt? *Auch du willst nicht wahrhaben, dass dein von dir so hoch geschätzter Janus nicht nur die Lösung deiner Probleme kannte, sondern auch die Ursache dafür war.*

Janus als Ursache meiner Probleme? Das war absurd, absolut lächerlich, wie das Geschwätz einer ausrangierten, alten Gespielin.

Aber warum beschäftigt es mich dann die ganze Zeit?

„Weil er nicht ganz Unrecht hat", meldete sich meine innere Stimme zu Wort. *„Sieh doch selbst, wo du gelandet bist! Statt fröhlich zu Hause mit deinen Tasten zu klappern, stehst du auf einem staubigen Regal und redest mit Porzellan und Kämmen. Und warum das? Weil du ständig deine Nase in Angelegenheiten stecken musst, die dich nichts angehen."*

„Was heißt da, die mich nichts angehen? Das bin ich Janus ja wohl schuldig..."

„Was bist du ihm schuldig? Dass du dich für ihn zum Affen machst und in Gefahr begibst?"

„Ich mache mich weder zum Affen, noch ..."
„Na, auf einmal sprachlos?"
„Aber Janus war doch immer so gut zu mir. Er hat mich zu dem gemacht, was ich jetzt bin."
„Oh ja, eine alte Schreibmaschine mit abgearbeiteten Tasten, die in einem Leihhaus gelandet ist."
„Nein, das meine ich nicht. Er hat sich die Zeit genommen, mir alles über seine Wissenschaften beizubringen."
„Falsch. Er hat sich deiner bedient, um seine Gedanken niederzuschreiben."
„Und er hat mit mir gesprochen."
„Er hat laut gedacht. Wie Millionen andere Menschen auch, wenn sie etwas niederschreiben und sich besser konzentrieren wollen."

Das war nicht fair. Auf jede meiner Antworten wusste die Stimme eine Erwiderung. Ich fühlte mich nur noch müde und in die Enge gedrängt. Ich wollte keine Analyse meines Verhältnisses zu Janus, sondern einfach nur meine Ruhe.

MERKUR

„So ein Mist! Warum musste Mathilde gerade jetzt zurückkommen? Nun werde ich vielleicht erst zum Frühjahrsputz erfahren, wie Esmeralda sich umgebracht hat. Und über Kassandra kann ich die Nähmaschine auch nicht mehr fragen."

„Was möchtest du über Kassandra wissen?", erklang da eine sanfte Stimme.

Merkurs Ventilator rotierte. Zwischenzeitlich war er in der Ankleide angelangt. Er versuchte, die Quelle der Worte ausfindig zu machen.

„Wer spricht denn da zu mir?"

„Ich bin Kassandras Brosche. Du kannst mich nicht sehen, ich liege im Schmuckkasten."

„Kassandras Brosche. Und was machst du dann hier in der Ankleide von Andromeda? Hat Kassandra dich ihr geschenkt?"

„Nein. Gestohlen hat sie mich. Von Kassandras Mantel geraubt."

„Und Kassandra hat nicht versucht, dich zurückzubekommen?"

„Doch, sie hat mich wohl überall gesucht, aber leider nicht gefunden. Andromeda hat mich zu gut versteckt."

„Und warum hat sie dich Kassandra weggenommen?"

„Weil ich ein Geschenk von Janus an Kassandra war und Andromeda Kassandra hasste."

„Und warum hasste sie sie?"

„Das weiß ich leider auch nicht. Ich weiß nur, dass sie Janus so lange unter Druck gesetzt hat, bis er Kassandra weggeschickt hat." Die Stimme der Brosche zitterte vor lange unterdrücktem Schmerz.

„Und hat keiner versucht, etwas dagegen zu tun?", fuhr Merkur schnell fort.

„Doch. Esmeralda. Sie war bis zu ihrem Tod die engste Vertraute von Kassandra."

„Esmeralda war ja ihre Halbschwester. War Janus der Vater der Beiden?"

„Das war er."

„Und wer waren die Mütter?"

„Nun, Esmeralda war die Tochter von Janus und seiner ersten Frau Titania."

„Und Kassandra?"

„Das kann ich dir leider nicht sagen. Das war ein großes Geheimnis, das ich bis heute nicht gelüftet habe."

„Dann hatte sie also keinen Kontakt zu ihrer Mutter", murmelte Merkur nachdenklich.

„Nein. Nicht dass ich wüsste. Es gab zwar Gerüchte, dass ihre Mutter im Ausland lebt oder gestorben ist. Doch das sind alles nur Mutmaßungen."

„Und? Hast du jemals wieder von Kassandra gehört?"

„Leider nein." Die Brosche seufzte, „Wenn ich sie nur noch einmal wieder sehen könnte. Ich vermisse sie so sehr."

„Ich weiß. Es fällt dir schwer, über all das zu reden. Aber weißt du etwas über Esmeraldas Tod?"

„Woran sie gestorben ist, weiß ich nicht. Aber als Kassandra sie fand, lag sie auf ihrem Bett, mit schneeweißem, friedlichem Gesicht und in ihren Händen hielt sie eine weiße Lilie."

ATHENE

Ich fand keine Ruhe. Ich wollte nur weg von diesem Ort. Zurück in die Bibliothek. Und ich vermisste Merkur. Wie mochte es ihm ergangen sein? Ich hatte ein schlechtes Gewissen, dass ich ihn bei all den Grübeleien über mein Schicksal fast vergessen hatte. Merkur, der mir so eifrig bei meinen Untersuchungen geholfen hatte. Ob ich ihn jemals wiedersehen würde?

Doch was ist das auf einmal für ein Lärm? Türen schlugen und schwere Schritte eilten durch die Halle.

„Halt! Was machen Sie da?", hörte ich die heisere Stimme des Pfandleihers. „Sie können hier nicht einfach ...!"

„Und ob ich kann!", entgegnete eine zweite Stimme, die ich als die von Justus erkannte. „Ich komme, um mein Eigentum zu holen!"

„Wovon reden Sie? Und wer sind Sie überhaupt?"

„Als ob Sie das nicht genau wüssten, Albert. Ich bin Justus Lilienstein, der Sohn und Erbe von Janus Lilienstein!"

„Das kann ja jeder sagen", erwiderte der Pfandleiher lauernd.

„Glauben muss ich Ihnen das aber nicht."

„Vielleicht wird *das* Ihre Meinung ändern", sagte Justus herablassend. Er reichte dem Mann ein Stück

Papier, das von Ferne wie ein großer Geldschein aussah.

„Oh ja, jetzt erkenne ich Sie wieder", vernahm ich das auf einmal sehr eilfertige Organ des Alten. „Bitte kommen Sie doch hier entlang, mein Herr. Aber Vorsicht, machen Sie sich Ihren Mantel nicht schmutzig."

Schon hatten Justus und Albert mein Fach erreicht.

„So, da wären wir. Alles, was in diesem Regal liegt, gehört Ihnen, Herr Lilienstein. Soll ich Ihnen die Sachen einpacken?"

„Das dürfte ja wohl im Preis enthalten sein", antwortete Justus trocken.

So wurde ich zum zweiten Mal innerhalb weniger Tage in einen Karton verfrachtet und zu einem Auto getragen.

Mit zwiespältigen Gefühlen harrte ich der Dinge, die da kommen mochten.

Einerseits war ich erleichtert, endlich aus der Pfandleihe herauszukommen.

Andererseits war ich mir nicht sicher, ob ich nicht vom Regen in die Traufe geraten würde. Schließlich stand immer noch der Satz des Spiegels im Raum: *Ermordet von Justus, seinem Sohn und Erben.*

Was kann Justus überhaupt für einen Nutzen davon haben, mich und die anderen Gegenstände wieder abzuholen? Das Teeservice und der antike Kamm besaßen wohl einen gewissen Erinnerungs- und Sammlerwert. Der Siegelring würde sich auch auf Justus`

Hand gut machen. Selbst ich würde ihm mit etwas Glück noch einige Jahre gute Dienste leisten können. Aber all das wog nicht die Summe auf, die er dem Pfandleiher für unsere Rückgabe hingeblättert hatte.

Was also hat Justus mit uns vor?

SCHWARZE HANDSCHUHE

Die schwarzen Handschuhe nahmen das modrige Flair eines Leihhauses wahr. Dann die diensteifrige Frage des Pfandleihers.

„Kann ich Ihnen helfen, suchen Sie etwas Bestimmtes?"

„Ja, eine Schreibmaschine nebst Siegelring, ein Teeservice und einen antiken Kamm."

„Bedaure sehr, diese Gegenstände wurden vor kurzer Zeit abgeholt."

„So? Und von wem?"

„Das darf ich Ihnen leider nicht sagen. Sie werden sicher verstehen, die Privatsphäre meiner Kunden ist mir heilig."

„Natürlich. Aber Sie sind Geschäftsmann. Was wurde für die Sachen gezahlt?"

Der Alte räusperte sich. *„Auch das unterliegt eigentlich der Verschwiegenheit."*

„Und uneigentlich?" Die rechte Hand griff in die Manteltasche, zog einen Geldschein heraus und hielt diesen dem Pfandleiher unter die Nase.

„Nun, sagen darf ich Ihnen das auf gar keinen Fall. Aber wenn sie kurz mit an die Theke kommen ..."

Der Alte griff nach einem Block, riss einen Zettel herunter und schrieb eine Summe darauf.

„So, Zahlen auf Papier gegen Zahlen auf Papier. Das ist ein faires Geschäft und kein Wort ausgeplaudert."

ATHENE

Da war es wieder, das schon bekannte Rumpeln und Brummen des Autos. Aber anders als beim letzten Mal fühlte ich mich nicht mehr panisch, sondern neugierig, was als Nächstes geschehen würde. Denn ändern konnte ich es sowieso nicht und bisher hatte ich mein Abenteuer heil überstanden.

Endlich hörten die Geräusche auf. Der Kofferraum wurde geöffnet und ich samt Kiste herausgehoben. Ich schwebte einige Zeit über dem Boden und wurde schließlich abgesetzt.

Dann kam der große Augenblick: Mein Karton wurde aufgeklappt und alle meine Tasten vibrierten vor Freude – ich war wieder zu Hause in meiner Bibliothek. Justus hob mich heraus und setzte mich vorsichtig auf meinen Schreibtisch.

Meine Odyssee hatte ein Ende.

SCHWARZE HANDSCHUHE

„Sie steht also wieder in der Bibliothek." Die schwarz behandschuhten Finger trommelten auf den Telefonhörer.

„Ich möchte zu gerne wissen, wozu er unbedingt das alte Ding benötigt." Worte, die mehr dem Sprechenden selbst galten, als der Stimme am anderen Ende der Leitung.

„Nein, unternimm nichts, das würde womöglich nur seinen Verdacht erregen und alles zerstören!"

Die Stimme am anderen Ende schien zu protestieren, wurde jedoch jäh unterbrochen: *„Du hältst dich genau an meine Anweisungen, sonst ..."*

ATHENE

Ich träumte von tanzenden Tassen und singenden Kämmen, sah gigantische Regale mit Bergen abgelegter alter Sachen, ein düsterhektisches Farbengewirr. Auf einmal drang Helligkeit in das Chaos, begleitet von Schritten. Ich spürte Finger auf meiner Tastatur wie von dämonischen Kraken, die ihre Tentakeln nach mir ausstreckten. Und dann diese Töne. Ein Klacken und Klingeln, das meine Hebel tanzen ließ.

Ich brauchte eine Weile, bis ich realisiert hatte, dass das Geräusch nicht aus meinem Traum herrührte, sondern dass tatsächlich jemand auf meine Tasten einhämmerte.

Ich schüttelte mir den verbliebenen Schlaf aus der Mechanik und erkannte, wer da meine Nachtruhe störte. Es war Justus.

Aber was schrieb er um diese Zeit?

Ich konzentrierte mich auf das Hämmern meiner Typen und rief mir gleichzeitig ins Gedächtnis, was er gerade schon geschrieben hatte.

Ich, Janus Lilienstein, im Vollbesitz meiner geistigen Kräfte, setze hiermit folgende Personen als meine Erben ein:
Meine zweite Frau Andromeda und meinen Sohn Justus jeweils zur Hälfte.
Ferner erhält meine Tochter Kassandra Lilienstein, die auf ihr Erbe verzichtet hat, als Vermächtnis mein Haus in Rom, Via Gino Cappone.
Zum Vollstrecker meines Letzten Willens bestimme ich meinen Sohn Justus.
Gezeichnet, Janus Lilienstein

Justus zog das Blatt aus meinem Gehäuse und legte es vor sich auf den Schreibtisch. Dann holte er ein weiteres Schriftstück aus seiner Tasche und legte es neben das von ihm Geschriebene. Er studierte das zweite Papier sehr genau. Ich erkannte, dass es sich um ein von Janus unterzeichnetes Dokument handelte.

Dann griff er zu Janus` Füller, setzte mit diesem täuschend echt Janus` Namenszug darunter und versiegelte das Ganze mit dem Ring. Als Nächstes nahm er mein Farbband heraus, auf dem die getippten Buchstaben zu erkennen waren, und ersetzte es durch ein Neues. Anschließend entfernte er das Wachs, das noch auf dem Ring klebte.

Zuletzt steckte er beide Dokumente in seine Tasche, verschloss diese sorgfältig, löschte das Licht und verließ die Bibliothek.

MERKUR

Auch Merkur hatte eine unruhige Nacht. Er träumte von fliegenden Föhnen, ratternden Nähmaschinen und traurigen Broschen.

Dann wurde er von einem Lichtstrahl geweckt. Die Tür zu seiner Abstellkammer war geöffnet worden und Justus betrat den Raum. Er eilte zielstrebig auf den Platz zu, auf dem bis vor Kurzem noch das Kästchen mit Kassandras Schlüssel gestanden hatte. In ungläubiger Verzweiflung starrte er auf den jetzt leeren Fleck.

„Ihr Aasgeier! Seid ihr mir also zuvorgekommen."

Wie ein gehetztes Tier ging er in der engen Kammer auf und ab. Dabei stieß er mehrmals gegen Merkur, der sich nichts sehnlicher wünschte, als unsichtbar zu sein.

„Ich hätte es wissen müssen! Ich hätte es einfach wissen müssen."

Er ließ sich auf den alten Hocker sinken und vergrub seinen Kopf in den Händen.

Merkur hielt gespannt die Luft an. Wer konnte schon wissen, zu welchen Reaktionen Justus in seiner derzeitigen Stimmung fähig war.

Nach einer Zeitspanne, die Merkur wie eine halbe Ewigkeit vorkam, hob Justus den Kopf und stand auf. Die Verzweiflung war aus seinem Blick gewichen und hatte einer neuen Hoffnung Platz gemacht.

„Nun, vielleicht hat das Ganze ja auch sein Gutes. Ich weiß jetzt definitiv, dass der Feind hier im Haus zu suchen ist. Und ich glaube sehr gut zu wissen, was er sucht. Es wird Zeit, dass ich ihm einen Strich durch die Rechnung mache."

ATHENE

Am nächsten Morgen wartete ich gespannt auf Merkurs Ankunft. *Wie mochte es ihm ergangen sein?*

Endlich hörte ich sein wohlbekanntes Brummen, die Tür ging auf und er kam herein. Aber er sah müde aus und kroch lustlos hinter Mathilde her, ohne wie gewohnt alles zu beobachten.

Als die Haushälterin den Raum verlassen hatte, rief ich:

„Hallo Merkur, wie geht es dir?"

Er starrte mich an, als wäre ich ein Geist. Dann brach es aus ihm heraus:

„Athene! Du bist zurück! Dem Himmel sei Dank! Wenn du wüsstest, was hier alles passiert ist! Wo warst du? Wohin hat Mathilde dich entführt?"

„Merkur, auch ich bin sehr froh, dich gesund und munter wieder zu sehen. Mathilde hat mich ins Leihhaus gebracht."

„Ins Leihhaus? Und wie ist es dir dort ergangen?"

Ich berichtete ihm von meinen Gesprächen mit dem Teeservice, dem Kamm und dem Siegelring.

„Und wie bist du hierher zurückgekommen?"

„Justus hat mich und den Siegelring abgeholt und dafür dem Pfandleiher wohl eine hohe Summe gezahlt."

Ich bemerkte seinen erstaunten Blick. Seine nächste Frage stand ihm ins Gesicht geschrieben, aber er traute sich anscheinend nicht, sie auszusprechen. Deshalb fuhr ich fort: „Ich habe mich natürlich gefragt, warum Justus uns um jeden Preis wieder haben wollte. Die Antwort bekam ich noch in derselben Nacht. Er hat Janus` Testament gefälscht."

„Er hat *was*?"

„Ja, du hast schon richtig gehört."

Ich erzählte ihm von Justus` nächtlichen Manipulationen und ließ mir anschließend von Merkurs Gesprächen mit dem Föhn, dem Briefkasten, der Nähmaschine und der Brosche berichten.

Als er geendet hatte, schwiegen wir eine Weile.

Dann sagte ich: „Ich denke, wir sollten das Ganze einfach mal zusammenfassen und versuchen, daraus einen Sinn zu machen. Dann wissen wir, was klar geworden ist und welche Fragen noch offen sind."

„Das ist eine sehr gute Idee", stimmte mir Merkur zu.

„Also", begann ich, „was haben die Zeugen erzählt:

- Brosche: Kassandra und Esmeralda sind, beziehungsweise waren, Halbschwestern und enge Vertraute.

Esmeralda wurde von Kassandra tot auf dem Bett liegend gefunden, in ihren Händen eine weiße Lilie.

Janus` zweite Frau Andromeda hasste Kassandra und hat ihn schließlich dazu gebracht, diese aus dem Haus zu werfen.

Über Kassandras Mutter ist nichts bekannt.

- Nähmaschine: Esmeralda hat sich selbst ihr Totenkleid genäht. Danach hat sie Selbstmord begangen, weil sie vom Doktor erfahren hat, dass sie unheilbar krank ist.

- Teeservice: Janus, Titania, Esmeralda und Justus, sowie der Doktor, dessen Frau und Tochter trafen sich wöchentlich zum Tee. Dann blieben erst Frau und Tochter des Doktors fern, später auch Titania, Esmeralda und Justus.

- Föhn: Behauptete, schwarze Handschuhe hätten ihn in die Badewanne geworfen.

- Kamm: Erzählte, der Föhn wurde von Kassandra in die Badewanne geworfen. Diese geriet in Panik, als sie die Handschuhe in der Tür sah.
- Briefkasten: Berichtet, die Gestalt mit den Handschuhen hat Briefe an Janus herausgenommen.
- Spiegel: Verdächtigt Justus, Janus getötet zu haben.

Dazu kommt das, was wir beide in den letzten Tagen selbst erlebt haben:
- Ich wurde von Mathilde zusammen mit dem Siegelring, dem alten Teeservice und dem Kamm ins Leihhaus gebracht.
- Die Gestalt mit den Handschuhen hat erst den Föhn und dann das Kästchen mit Kassandras Schlüssel mitgenommen.
- Der Föhn wurde von der Gestalt mit den schwarzen Handschuhen mitgenommen.

Und schließlich:
- Justus hat zu Kassandras Gunsten das Testament von Janus gefälscht."

Merkur machte einen ratlosen Eindruck. Wäre er ein Mensch, hätte ich gedacht, er kaue an seiner Unterlippe. Dann sagte er leise: „Was ich am wenigsten verstehe: Warum hat der Föhn uns so in die Irre geführt? Ich dachte wirklich, er hätte mir vertraut. Und wir wären so etwas wie Freunde geworden."

„Gräm dich nicht. Ich gehe nicht davon aus, dass er dir böswillig die Unwahrheit erzählt hat."

„Und warum hat er dann gelogen?"

„Ich glaube, er wollte Kassandra um jeden Preis vor dem Verdacht, eine Mörderin zu sein, schützen."

Merkur schwieg. Um ihn auf andere Gedanken zu bringen, fuhr ich fort:

„Wir haben aber noch weitere offene Fragen:

- Wer ist die Gestalt mit den schwarzen Handschuhen? Warum hat sie das alles getan?"

„Und hat sie was mit dem Tod von meinem Onkel zu tun? Hat sie den Wassereimer auf ihn geworfen?"

„Nach alldem, was wir bisher über sie erfahren haben, ist das nicht auszuschließen. Das führt uns dann auch zu der Frage: Was hat sie in Zukunft noch vor? Was waren das für Briefe an Janus, die sie mitgenommen hat?

- Wo ist Kassandra? Weiß Justus etwas über ihren Aufenthalt? Wer ist ihre Mutter, lebt sie noch und wenn ja, wo? Warum war Kassandra nicht bei den Teekränzchen mit dabei?

- Wer hat Janus ermordet? Und warum?

- Warum verdächtigen seine Stiefmutter Andromeda und der Spiegel Justus, etwas mit Janus` Tod zu tun zu haben?

- Was genau hat der Doktor Esmeralda erzählt, dass sie Selbstmord als einzigen Ausweg sah?

- Warum hat Mathilde mich und die anderen ins Pfandhaus gebracht? Wer ist der große Unbekannte, der uns abholen sollte und was hat er mit dem Fall zu tun?"

Als ob sie ihren Namen gehört hatte, kam Mathilde und nahm Merkur wieder mit auf ihre Tour.

MATHILDE

Nachdem sie fertig gesaugt hatte, stand die Haushälterin in der Küche und bereitete das Essen für Andromeda vor. Plötzlich läutete es an der Haustür. Sie wischte sich ihre Hände an der Kittelschürze ab und eilte, um zu öffnen.

Vor ihr stand der Briefträger.

„Guten Tag, ich habe ein Einschreiben für Frau Mathilde Schmid."

„Das bin ich", entgegnete Mathilde überrascht.

„Dann unterschreiben Sie bitte hier."

Sie nahm den Stift, den ihr der Briefträger reichte, und schrieb ihren Namen auf das Formular.

„Vielen Dank und auf Wiedersehen, Frau Schmid."

Mathilde machte eilig die Tür hinter ihm zu, dann riss sie mit hektischen Bewegungen den Umschlag auf.

Während sie den Brief las, wurde ihr Gesicht kreidebleich.

„Das kann nicht sein", murmelte sie. „Das kann nicht sein."

Minutenlang starrte sie wie hypnotisiert auf das Blatt, erst das Klingeln des Telefons holte sie aus ihrer Trance. Sie stürzte zum Hörer, riss ihn von der Gabel und presste ihn ans Ohr.

„Bei Lilienstein, hier Mathilde Schmid", sagte sie atemlos.

Mit angstverzerrtem Blick hörte sie zu, was die Person am anderen Ende der Leitung zu sagen hatte.

Dann entgegnete sie mit gebrochener Stimme:

„Ich habe verstanden. Du kannst dich darauf verlassen."

ATHENE

Ich stand auf meinem Schreibtisch und sah zu, wie die Eiche ihr erstes Laub verlor. Wie sehr sich der Baum doch seit meiner Entführung verändert hatte. Die Blätter flogen fröhlich im Wind und landeten dann sanft auf Weg und Rasen.

Aber so sehr ich auch versuchte, mich durch meine Naturbeobachtungen abzulenken, es gelang mir einfach nicht, mein schlechtes Gewissen zu unterdrücken.

Ich hatte Merkur nicht alles erzählt, was ich im Leihhaus mit den anderen Gegenständen gesprochen hatte. Meinen Disput mit dem Siegelring hatte ich ausgeklammert. Zu schmerzlich war die Erkenntnis, dass er nicht ganz unrecht gehabt hatte.

Nicht alles in meiner Beziehung zu Janus war so, wie ich es mir vorgemacht hatte. Ich hatte uns als gleichberechtigt angesehen. Seite an Seite durch den Dschungel der Wörter eilend. Ich als seine Ratgeberin, seine Muse und seine Sekretärin. Ich sah mich als wichtigsten Teil seines Lebens, seine engste Vertraute.

Doch was wusste ich schon von ihm?

Was wusste ich von seiner Familie, seiner Frau und seinen Kindern?

Hatte er mich jemals an seinem Leben außerhalb seiner Bücher und seiner Philosophen teilhaben lassen?

Nein. Ich durfte nur das lesen, was ich für ihn aufgeschrieben hatte, habe nur das gehört, was er während des Schreibens an Gedankengängen konstruiert, überprüft, übernommen oder wieder verworfen hatte.

Was war ich für ihn? Athene, seine Muse, wie er mich oft genannt hatte – oder doch nur einfach Athene, seine Schreibmaschine?

ANDROMEDA

„Lilie, oh Lilie,
was ist nur geschehn,
wie konnte meine Schönheit,
mein Glanz so vergehn?

Lilie, oh Lilie,
welch grausame Macht,

draußen ist Tag,
doch in mir finstre Nacht.

Lilie, oh Lilie,
was wird nur aus mir,
verschlossen sind Glück
und Freude mit dir.

Lilie, oh Lilie,
ich seh` keinen Weg
ich stehe im Wasser
ohne rettenden Steg.

Lilie, oh Lilie,
erst schwarz und dann rot
und jetzt bist du weiß
wie mein kommender Tod."

DER DOKTOR

„Jetzt ist es also soweit", sagte der Doktor zu sich selbst, als er die Ankleide der Frau betrat.

Der Boden vor dem leeren Rahmen war mit Scherben bedeckt. Wo einst der Spiegel die Wand beherrschte, war nur noch eine stumpfe Fläche, die von Glassplittern eingerahmt wurde.

„Und sogar deinen liebsten Gefährten hast du mit ins Verderben gerissen."

Glasscherben knirschten und knackten unter seinen Schuhen, als er den Raum durchquerte und zu der Gestalt ging, die reglos am Boden lag.

Er betrachtete sie eine Zeit lang nachdenklich, dann beugte er sich zu ihr hinunter, um ihren Puls zu fühlen.

„Auch mit dir ist es jetzt also zu Ende gegangen", sagte er wie zur Bestätigung einer Sache, die er schon längst wusste.

Hinter sich hörte er eilige Schritte. Er drehte sich um und sah Mathilde mit Schaufel, Besen und einem großen Eimer ins Zimmer kommen.

Er nickte und die Haushälterin machte sich an die Arbeit.

Er sah ihr zu, wie sie Stück für Stück den Boden von Scherben befreite.

Als der Weg zum Schlafzimmer gesäubert war, hob er die Frau auf und trug sie zu ihrem Bett. Dann ging er zur Blumenvase, nahm die weiße Lilie heraus und legte sie in die blutverschmierten Hände der Toten.

JUSTUS

Kurze Zeit nach dem Besuch des Doktors betrat Justus das Haus. Er ging geradewegs ins Schlafzimmer seiner Stiefmutter.

„Danke, Mathilde, dass du mich gleich benachrichtigt hast. Würdest du mich bitte für einen Augenblick allein lassen? Ich möchte gerne in Ruhe Abschied nehmen."

Nachdem die Haushälterin Andromedas Gemächer verlassen hatte, begann Justus, sich mit schnellem Blick umzusehen. Da er das, was er suchte, im Schlafzimmer nicht fand, begab er sich in die Ankleide.

Dort entdeckte er das Schmuckkästchen. Er öffnete es, nahm Kassandras Brosche heraus und verschloss es wieder.

Dann ging er zurück ins Schlafzimmer. Vor dem Bett mit der Toten blieb er stehen und sah sie unverwandt an. Nach einer Weile sagte er mit tonloser Stimme:

„Jetzt bist du aus dem Wahnsinn erlöst. Und auch sie wird bald ihren Frieden finden."

ATHENE

Als Merkur am nächsten Vormittag kam, stand mein Entschluss fest.

„Merkur, ich muss unbedingt mit dir reden."

„Ist etwas passiert? Habe ich was falsch gemacht?"

„Nein, nicht du, sondern ich. Ich habe dir nicht alles erzählt, was im Leihhaus passiert ist."

Merkur schwieg.

„Ich hatte noch eine Unterredung mit dem Siegelring", fuhr ich fort, „bei der ich nicht allzu gut weggekommen bin."

„Und?"

„Der Ring hat mir buchstäblich die Augen über mein Verhältnis zu Janus geöffnet. Dass wir nie gleichwertige Partner waren. Dass ich für ihn lediglich ein Schreibwerkzeug war, dem er einen Namen gegeben hatte."

„Und?"

„Dass Janus möglicherweise der Schlüssel zu alldem ist, was geschehen ist."

„Und?"

„Und, und? Was soll denn immer dieses *und*?"

„Gibt´s sonst noch was Neues?"

Ich war perplex. Sprachlos starrte ich ihn an.

„Das weiß doch jeder hier. Dass du völlig in Janus` Bann standest. Dass du ihn für deinen Gott gehalten hast."

„Aber ..."

„Dass für dich alles, was er machte und tat, *das Maß aller Dinge* war. Dass nichts anderes für dich zählte."

„Aber ..."

„Dass du ihm zum Dank dafür mit deinen Ermittlungen ein Denkmal setzen willst."

„Aber, warum hast du nie etwas gesagt?", wandte ich lahm ein.

„Hättest du darauf gehört?"

Wir wussten beide, dass er recht hatte.

Schließlich brach ich das Schweigen: „Dann schlage ich vor, dass wir von jetzt an unsere Liste noch um eine wichtige Frage erweitern."

„Und die wäre?"

„Welche Rolle spielte Janus bei dem ganzen Fall?"

SCHWARZE HANDSCHUHE

Der herbstliche Wind tobte in Böen um das Haus, die Blätter flogen im wirren Reigen mal rechts und mal links herum. Wer nicht hinaus musste, der blieb lieber daheim am warmen Ofen.

Die rechte Hand griff zum Hut und zog die Krempe, wie zum Schutz gegen den Regen, tief ins Gesicht.

Die schwarzen Handschuhe schützten die Hände vor den Naturgewalten, während sich der Körper durch den Sturm kämpfte.

Dann fasste die Rechte in die Manteltasche, zog einen spitzen Gegenstand heraus und öffnete damit das verwitterte Gehäuse des Briefkastens. Die Hände griffen hinein und holten einige Umschläge heraus. Die meisten waren weiß, einer jedoch hatte eine bläuliche Farbe. Die Behandschuhten fuhren kurz über die Umschläge und steckten alle bis auf den bläulichen wieder zurück. Dann verschloss die Rechte den Kasten und steckte Werkzeug und Brief in die Manteltasche.

JUSTUS

„So, wer immer du auch sein magst", murmelte Justus, als er von dem Fenster zurücktrat. „Du zeigst ja ein sehr großes Interesse an unserer Post."

Er ging zum Schreibtisch und setzte sich in Janus` alten Ledersessel.

„Und besonders der blaue Umschlag hat es dir angetan. Wie ich es mir gedacht hatte."

Er öffnete eine Schublade und entnahm ein Kuvert, das dem im Briefkasten zum Verwechseln ähnlich sah. Er holte den Brief, der darin lag, heraus, faltete ihn auf und betrachtete ihn eine Weile.

„Nur schade, dass du den Falschen erwischt hast", fügte er mit leise triumphierender Stimme hinzu.

Er stand auf und ging zu dem Kaminfeuer, das fröhlich vor sich hin prasselte. Er legte ein Holzscheit nach, sodass die Flammen hell auflodern. Dann warf er den Brief samt Umschlag ins Feuer und beobachtete, wie das Papier langsam von den gierigen Zungen aufgefressen wurde.

SCHWARZE HANDSCHUHE

Das blaue Kuvert lag aufgerissen auf dem Tisch.

„Das kann doch nicht wahr sein!" Die linke Hand war zur Faust geballt und donnerte auf den Tisch.

Zum wiederholten Mal fuhr die behandschuhte Rechte über den Brief.

... muss ich Ihnen nach eingehender Prüfung zu meinem Bedauern mitteilen, dass das von Ihnen eingereichte Testament des Herrn Janus Lilienstein nicht berücksichtigt werden kann, da es vor dem anderen mir vorliegenden datiert ist.
Es bleibt daher bei der bisherigen Erbfolge, ihre Halbschwester Kassandra ist nicht zu berücksichtigen.
Gezeichnet Gernot Berg, Notar.

Die Rechte knüllte das Schreiben zusammen und stopfte es in die Manteltasche.

ATHENE

Als ich Merkur das nächste Mal traf, berichtete ich ihm von Justus und dem blauen Brief.

„Und? Konntest du sehen, wer den Brief herausgenommen hat?"

„Nein, leider nicht. Ich tippe zwar auf die Person mit den schwarzen Handschuhen, weil sie das ja laut Aussage des Briefkastens früher auch schon gemacht hat. Doch sicher weiß ich es nicht."

„Und was stand in dem Brief, den Justus ausgetauscht hat, drin?"

„Nun, das Schreiben, das Justus in der Schublade hatte, war vom Notar. In ihm stand, dass das neue Testament an die Stelle des alten getreten ist."

Merkur zögerte einen Augenblick. „Du meinst das Testament, das Justus auf dir, ähm, gefälscht hat?"

„Genau, mit dem er seiner Halbschwester das Haus in Rom vermacht hat."

„Justus wollte also verhindern, dass der Unbekannte von dem Vermächtnis erfährt."

„Genau so scheint es."

„Aber warum?"

„Weil Justus Kassandra schützen will. Denn wenn der Unbekannte herausbekommt, dass sie etwas erhalten soll, würde ihn das womöglich auf ihre Spur bringen. Doch eines irritiert mich an der ganzen Sache."

„Was?"

„Nun ja, fast alles deutet mittlerweile darauf hin, dass Justus gute Absichten hat."

„Fast alles?", wiederholte Merkur. „Wieso *fast* alles?"

„Nun, genau das *fast* ist der Knackpunkt. Warum wollte der Spiegel den Verdacht unbedingt auf Justus lenken?"

MERKUR

Nach dem Gespräch mit Athene setzte Merkur wie gewohnt seine Runde fort. Und doch war es heute anders. Denn statt den Weg durch Andromedas Ankleide zu nehmen, ging es direkt in deren Schlafzimmer.

Als er auf das große Bett blickte, stockte ihm der Atem. Dort lag reglos Janus` Witwe. Es sah aus, so als ob sie tief und fest schliefe. Doch etwas irritierte ihn. Er sah genauer hin und bemerkte, dass ihre Hände voller Blut waren.

Noch bevor er einen weiteren Gedanken fassen konnte, klingelte es an der Haustür und er wurde von Mathilde fortgezogen.

DIE LEICHENBESTATTER

Und wieder waren die beiden Bestatter der Firma *Wurm und Söhne* gerufen worden.

Während sie sich um die sterblichen Überreste der Frau kümmerten, begann der Erste, auf die Melodie eines alten Kinderreimes zu singen:

„Fünf kleine Liliensteine,
die wohnten in dem Haus,
einem fiel der Föhn ins Bad,
wir trugen ihn hinaus."

Dann übernahm der Zweite die folgende Strophe und sie sangen im Wechsel:

„Vier kleine Liliensteine,

die waren kerngesund,
einer hat sich umgebracht,
Angst vor Krankheit war der Grund."

„Drei kleine Liliensteine,
die sollten ins Fegefeuer,
einem hat das Herz versagt,
weg war das Ungeheuer."

„Zwei kleine Liliensteine,
die waren noch im Haus,
einer verfiel dem Wahnsinn,
bald war sein Leben aus."

„Ein kleiner Lilienstein,
war einsam nun, o Graus,
er packte seine Koffer
und verließ das böse Haus."

Als das schaurige Lied zu Ende war, hatten auch die Männer ihre Arbeit getan. Sie trugen den Transportsarg in den Leichenwagen und fuhren die Einfahrt hinunter.

ATHENE

„Du hast *was* gesehen?", fragte ich entgeistert.

Merkur war wider Erwarten noch einmal in die Bibliothek zurückgebracht worden und berichtete mir von seinem Erlebnis im Schlafzimmer.

„Sie lag tot auf dem Bett! Und in ihrer blutigen Hand hielt sie eine Lilie."

„Und ist dir sonst etwas aufgefallen?"

„Nein. Leider nicht. Wir waren zu schnell wieder weg. Wahrscheinlich, weil dann die Leichenbestatter gekommen sind."

Mir kam ein Gedanke.

„Welche Farbe hatte die Lilie?"

„Sie war weiß. Bevor sie vom Blut bespritzt wurde."

„Eine weiße Lilie also. Wie bei Esmeralda."

MERKUR

Schon bald war der außerplanmäßige Besuch in der Bibliothek beendet und Merkur wurde in Andromedas Ankleide gebracht.

„Wie sieht es denn hier aus!", rief er entsetzt. „Was ist mit dem Spiegel geschehen?"

„Zerschlagen. Alles zerschlagen", hörte er ein zartes Stimmchen unter der Kommode.

Merkur streckte seinen langen Hals aus und entdeckte eine kleine Scherbe.

„Wie ist das passiert?"

„Sie hat uns zerschlagen. Ich bin alles, was noch übrig ist. Und spiegeln kann ich auch nicht mehr", fügte sie traurig hinzu.

Zum Glück, dachte Merkur bei sich. Im nächsten Moment schämte er sich jedoch dafür und fragte eilig weiter:

„Wer hat euch zerschlagen?"

„Unsere Herrin."

„Warum hat sie euch das angetan?"

„Wir sagten die Wahrheit."

„Die Wahrheit über was?"

„Das Gesicht der Herrin. Erst liebte sie uns, denn ihr Spiegelbild war schön. Doch dann kam Janus` Tod und alles wurde anders."

„Was hat sich geändert?"

„Sie wurde hässlich, gezeichnet vom Wissen."

„Dem Wissen wovon?"

„Der Tat."

„Sie wusste, wer der Mörder war?" Merkur war fassungslos.

„Sie wusste, wer nicht."

„Und wer war es nicht?", fragte Merkur, der Unglaubliches ahnte.

„Justus war nicht der Mörder."

„Warum hat sie dann gesagt, dass er der Mörder sei?"

„Sie musste."

„Aber warum?"

„Wegen der Spritzen."

Merkur war fassungslos. Mit offenem Mund starrte er die Scherbe an.

In diesem Moment wurde sein Saugrüssel von Mathilde auf das Glasstück zugeschoben. Noch immer völlig perplex vergaß er, seine Schutzzähne herabzulassen, und schon war das Unglück geschehen. Er hatte den Splitter verschluckt.

Während die Haushälterin ihn weiterzog, versuchte er, seinen Hals so steif wie möglich zu halten. Nur ja der Scherbe keine Gelegenheit geben, weiter zu wandern. Er spürte, wie sich der Dorn ihrer rechten Seite in seinen Rachen bohrte.

Bitte bleib stecken!, flehte er in Gedanken.

ATHENE

Als Merkur am nächsten Tag kam, merkte ich gleich, dass etwas nicht stimmte. Mit starrem Hals und pfeifendem Atem kam er in die Bibliothek.

„Merkur, was ist mit dir los?", begrüßte ich ihn besorgt.

„Ssspiegelssscherbe verssschluckt."

„Um Himmels willen! Wie ist das passiert?"

„Sssaugen in Ankleide von zzzweiter Fffrau."

„Das ist ja furchtbar! Wie kann ich dir helfen?"

„Nichhht zu helfffen. Allesss auffffgessschnitten."

„Nein, Merkur! Sag bitte so etwas nicht!"

„Zu ssspät. Musssssst mir zzzuhören. Jussstusss nichhht Janusss` Mörder. Fffrau gelogen. Ssspiegel hat sssie gedeckt."

„Aber warum? Das ergibt doch alles keinen Sinn!"

„Ssspiegel liebte ihre Ssschmeicheleien."

„Und warum hat er es sich dann auf einmal anders überlegt?"

„Fffrau hat ihn zzzersssschlagen, weil er ihr kein ssschönesss Gesssicht mehr gezzzeigt hat. Esss war gezzzeichnet vom Wisssssen."

„Und weißt du, warum Andromeda gelogen hat?"

„Wegen Ssspritzzzen."

„Wegen welcher Spritzen? Von wem bekam sie die? Und warum?"

„Weisss nichhht."

„Und hat er dir gesagt, wer Janus ermordet hat?"

„Nein. Mathilde kam zzzu früh."

Auf einmal bäumte sich Merkur auf. Sein Hals schwoll zu einer unförmigen Wurst an. Dann entlud sich die Luft mit einem lang andauernden Zischen.

„Merkur!", rief ich verzweifelt. „So sag doch etwas! Merkur!" Doch er rührte sich nicht mehr.

Kurze Zeit später kam Mathilde durch die Tür. Sie drückte auf den Schalter, um Merkur zum Laufen zu bringen, aber er gab nur ein leises Zischeln von sich.

„Verdammter Schrotthaufen!", schimpfte die Haushälterin und trug ihn hinaus. Das Letzte, was ich hörte, war das Schlagen der Haustür.

MERKUR

Er fühlte sich unendlich schwach. Sein Hals brannte wie Feuer. Er spürte, wie die Fasern seiner inneren Membran in Fetzen herunter hingen. Die Scherbe war inzwischen in seinen Bauch gewandert und hatte ihren Platz zwischen zahlreichen Staubknäueln gefunden.

Er hatte buchstäblich einen Zeugen verschluckt. Wenn es nicht so unheimlich tragisch wäre, könnte er darüber lachen.

Auf einmal sah er eine graue Wolke, die sich über ihn senkte. Sein Körper verschwand in einem Plastiksack.

Er hörte Mathildes Stimme: „So, du altes Ding, das war´s dann für dich. Feierabend."

Er dachte bei sich: *So muss es sein, lebendig begraben zu werden.*

Dann schwanden ihm die Sinne.

ATHENE

Mir war, als stürzte ich in ein tiefes schwarzes Loch ohne Boden. Der Sog, der mich erfasst hatte, wurde stärker und stärker.

Um mich herum tanzten Gesichter, große und kleine, bekannte und unbekannte.

In weiter Ferne sah ich einen Kreis aus mehreren Menschen und Dingen, von denen mir einige seltsam vertraut vorkamen. Von Zeit zu Zeit löste sich ein Mitglied heraus, bis schließlich nur noch zwei übrig blieben. Dann kam eine Welle, die beide mit sich fortriss.

Ich erkannte Janus, der auf einem Stapel Bücher saß und mir fröhlich zuwinkte. Um seinen Kopf kreiste der Siegelring. Auf einmal verzerrte sich Janus` Gesicht zur spöttischen Fratze und er rief: „Der Mensch ist das Maß aller Dinge, und du warst mein Ding!"

Da eilte plötzlich Justus herbei, wischte ihn mit einer entschlossenen Handbewegung beiseite, blinzelte mir verschwörerisch zu und entschwand.

Ich blickte nach oben und sah Andromeda auf einer weißen Lilie vorbeifliegen, in ihrer rechten Hand hielt sie einen großen Spiegel, in ihrer linken den Doktor. Im Gefolge hatte sie ein Heer von Spritzen. Sie winkte huldvoll und entfernte sich in die andere Richtung.

Dann machte es einmal kurz *wusch*, und in rasanter Fahrt flog der antike Kamm vorbei. Dicht hinter ihm die Teekanne, die wie immer von ihren Tassen umkreist wurde.

Schließlich näherte sich mir ein riesiger Luftballon mit schier endlos langem Hals. *Doch halt, was ist das?* Plötzlich stieß der Ballon einen Schwall Luft aus und nahm wieder die vertrauten Formen von Merkur an. Er verscheuchte Mathilde, die sich zwischen uns drängen wollte und sagte: „Nun, Athene, hassst du genug gesssehen? Willsssst du den Dingen noch weiter auf den Grund gehen?"

„Das werde ich, das werde ich ...", flüsterte ich mit zitternder Stimme.

„Dann war mein Opfer nicht umsssonssst!"

„Merkur, was wird hier gespielt?"

„Hör niemalsss auf zu sssuchen! Gib nicht auf, bevor du die Lösssung gefunden hassst!"

Auf einmal verwandelte sich alles um mich herum in ein gigantisches Farbenmeer. Anfangs waren es ganz alltägliche Farben, die mit der Zeit intensiver wurden und in einem immer schneller werdenden Kreis um mich herum wirbelten. Erst wollte ich mich einfach fallen lassen, aber dann kämpfte ich dagegen an. Ich stemmte mich mit aller Kraft gegen den Sog und schaffte es schließlich, mich daraus zu befreien.

Wie zu Beginn meines Traums stürzte ich mit rasender Geschwindigkeit in eine undurchdringliche Schwärze.

Doch nach einiger Zeit wurde ich langsamer. Ich erkannte vertraute Konturen, die Äste der alten Eiche, die Bücherregale, meinen Schreibtisch.

Ich war wieder daheim und hatte überlebt.

Es war an der Zeit, meine Aufgabe zu erfüllen.

2. Teil

ATHENE

Am nächsten Morgen wurde ich von den Sonnenstrahlen geweckt. Der Sturm von gestern Nacht war wie weggeblasen. Und auch ich war trotz des Schmerzes, den ich über den Verlust von Merkur empfand, frischen Mutes. Ich hatte ihm versprochen, nicht aufzugeben. Und dieses Versprechen wollte ich einhalten. Da ich ohne meinen treuen Gefährten nur noch über einen sehr eingeschränkten Aktionsradius verfügte, begann ich, meine Umgebung eingehend zu mustern. Mein Blick wanderte von Buch zu Buch, von Regal zu Regal. Auf einmal stutzte ich. Dort, wo sonst die von Janus geschriebenen Bücher standen, waren Lücken. Jemand musste sie während meiner Abwesenheit mitgenommen haben.

„Wenn ich nur wüsste, was das alles bedeutet", überlegte ich halblaut vor mich hin.

„Was was alles bedeutet?", fragte auf einmal eine Stimme neben mir.

Ich sah mich nach deren Quelle um und mein Blick landete direkt auf Janus` antiker Schreibtischlampe.

„Lampe? Warst du das?" Ich konnte mich nicht erinnern, dass sie früher schon mal geredet hatte.

„Ja, das war ich."

„Aber seit wann kannst du denn sprechen?", fragte ich, obwohl mir klar war, dass diese Frage reichlich dämlich war.

„Seit mir Justus eine andere Birne eingeschraubt hat. Die Alte hatte von Anfang an einen Schaden. Deshalb konnte ich mein Sprachzentrum nie benutzen."

„Freut mich, dass er dich repariert hat!", entgegnete ich. „Ich fragte mich gerade, wer Janus` Bücher weggenommen hat. Hast du vielleicht jemanden bemerkt?"

„Ja, der Doktor hat darin geblättert und dann einige von ihnen mitgenommen."

„Der Doktor? Wann?"

„Am Tag, nachdem dich die Haushälterin weggebracht hatte."

„Und was hat er gesucht?"

„Das weiß ich nicht. Ich habe nur gesehen, dass er die Bücher, die sie ihm herausgelegt hatte, genau untersucht hat."

„Mathilde hat ihm Bücher aus Janus` Bibliothek herausgesucht?"

„Ja, das hat sie. Erst sah es so aus, als ob sie nur gründlichen Herbstputz macht. Sie nahm jedes Buch vom Regal, wischte es ab und schüttelte es, damit der Staub zwischen den Seiten herausfallen konnte."

„Ja, daran erinnere ich mich. Das hat Janus immer halb wahnsinnig gemacht. Und was dann?"

„In einigen Büchern steckten Zettel oder Bilder. Diese Bücher hat sie auf einen Stapel gelegt."

„Und die hat der Doktor durchgesehen?"

„Ja, er hat sich an den Schreibtisch gesetzt und im Schein meines Lichtes Buch für Buch durchgeblättert."

Das wurde ja immer mysteriöser. Der Arzt hatte nämlich nie einen Hehl daraus gemacht, dass er für Janus' Sammelleidenschaft kein Verständnis hatte.

„Und konntest du erkennen, was genau ihn in den Büchern interessiert hat?", fragte ich weiter.

„Fotos und ein Zettel."

„Was für Fotos?"

„Nun, in einem der Bücher lagen Fotos von Personen. Alte Bilder. Zum Teil noch in Schwarz-Weiß."

„Hast du jemanden erkannt?"

„Nein, leider nicht. Doch der Doktor muss sie gekannt haben. Er strich über manche mit seinen Fingern, murmelte irgendetwas und seufzte dabei laut vor sich hin."

„Hast du verstanden, was er gemurmelt hat? Vielleicht irgendwelche Namen?"

„Tut mir leid. Durch den Austausch meiner Birne ist mein Namensgedächtnis durcheinandergeraten. Wenn ich sie hören würde, würde ich sie vielleicht wiedererkennen, aber so ..."

„Und konntest du lesen, was auf dem Zettel stand?"

„Nein, denn das waren merkwürdige Hieroglyphen. Die Erinnerung an sie hat sich zwar in die Lamellen meines Schirms eingebrannt, aber ich kann sie nicht entziffern. Ich erinnere mich dunkel, dass Janus manchmal so geschrieben hatte. Aber damals hatte ich nur Blicke für Tiffany auf ihrem Beistelltischchen ..."

Täuschte ich mich, oder färbte sich die Glühbirne der Lampe zart rosa? *Wie schlimm musste es für sie gewesen sein, als Tiffany durch eine Unachtsamkeit von Janus zu Bruch ging.* Ich wandte meine Gedanken wieder dem mysteriösen Zettel zu.

Seltsame Buchstaben? Was hatte es damit auf sich? Ich überlegte eine Weile. Schließlich fiel es mir wie Staub von den Tasten.

„Das muss Altgriechisch gewesen sein, eine der Sprachen, in denen Janus des Öfteren seine Notizen gemacht hatte. Sie hat ein ganz besonderes Alphabet. Das griechische Alpha, unser a, gleicht beispielsweise einem Fisch mit offener Schwanzflosse."

„Und welcher Buchstabe sieht aus wie ein Fisch, der nach unten taucht?"

„Das ist das Gamma, unser g."

„Und welcher wie ein alter runder Schirm einer Deckenlampe?"

„Das ist das Omega, das unserem O entspricht."

„Das ist ja eine lustige Schrift. Die würde ich gerne lernen! Das brächte wenigstens etwas Abwechslung in meinen langweiligen Alltag. Und dann könnte ich dir auch erzählen, welche Buchstaben ich gesehen habe."

Ich überlegte. Es war zwar nur ein kleiner Hoffnungsschimmer, aber es war den Versuch wert.

So verbrachte ich die folgenden Stunden damit, der Lampe die Lettern der alten Griechen zu erklären. Und ich musste eingestehen, dass sie eine gelehrige Schülerin war. Schon bei Einsetzen der Dämmerung war sie in der Lage, das Alphabet aufzusagen und die Buchstaben fehlerfrei zu beschreiben.

„Sehr gut!", sagte ich anerkennend. „Und glaubst du, du kannst mir jetzt Buchstabe für Buchstabe sagen, was auf dem Zettel stand?"

„Gerne doch!" Dann legte sie eifrig los:

„Mü iota rho alpha nü delta alpha."

„Miranda, das ist der Name einer Frau oder eines Mädchens", überlegte ich. „Schnell weiter!"

„Sigma tau epsilon lambda lambda alpha."

„Stella, noch eine Frau oder ein Mädchen. Und weiter!", drängelte ich.

„Moment! Warte einen Augenblick! Jetzt fällt es mir ein. Das waren die beiden Namen, die der Doktor gemurmelt hat. ‚Miranda, meine geliebte Frau, meine arme Miranda! Wie konnte das nur passieren? Und auch dich hab ich nicht mehr, Stella, oh Stella, meine einzige Tochter, mein Augenstern!'"

„Und du bist dir ganz sicher, dass er diese beiden Namen gesagt hat? Versteh mich bitte nicht falsch, aber das ist unheimlich wichtig!"

„Ja, ganz sicher. Die Namen waren ja nicht verloren. Ich konnte sie nur nicht mehr selbst abrufen."

„Sehr gut. Dann lass mich hören, was sonst noch auf dem Zettel stand."

Die Lampe nannte mir Buchstaben für Buchstaben und schließlich hatten wir folgenden kleinen Satz:

„Panton chrematon metron estin anthropos, ton men onton hos estin,

ton de ouk onton hos ouk estin."

„Und was soll das jetzt heißen?", fragte die Lampe.

„Der Mensch ist das Maß aller Dinge, der Seienden, dass sie sind, der nicht Seienden, dass sie nicht sind."

„Und was bedeutet das?"

„Nun, Janus hat es mir so erklärt: Der Mensch gibt den Dingen einen Namen und legt ihre Eigenschaften fest. Jeder Mensch hat dabei eine unterschiedliche Sichtweise, je nachdem, wie es sein geistiger Horizont erlaubt."

„Aber wie passt das zu den Namen Miranda und Stella?"

„Das", entgegnete ich, „ist die große Frage."

SCHWARZE HANDSCHUHE

Die schwarz behandschuhten Finger drehten und wendeten die kleine Kupfermünze, sodass einmal das Antlitz der Frau, ein anderes Mal ihr gesamter Körper zu erkennen war.

„Was soll nur mit dir geschehen? Dich zu behalten, ist unerträglich, aber auch, dich gehen zu lassen. Zuviel steht zwischen uns, unversöhnlich. Dich vernichten? Dafür bist du zu wertvoll. Du gehörtest einst dem Vater. Mal sehen, was der Sohn bereit ist, für dich zu geben."

JUSTUS

„Darf ich Ihnen behilflich sein?"

Justus legte das Buch, in dem er gerade geblättert hatte, zurück auf den Stapel und sah die Buchhändlerin mit heraufgezogenen Brauen an.

„Sie dürfen. Ich suche Literatur zum Italienisch lernen, aber bei diesen Massen wird man ja fast erschlagen."

„Es gibt eben verschiedene Lerntypen, die unterschiedliche Methoden bevorzugen. Wir werden schon herausfinden, was am besten für Sie geeignet ist."

„Da bin ich ja mal gespannt."

„Haben Sie schon früher einmal Italienischkenntnisse erworben oder fangen sie von Null an?"

„Na ja, ich war im Urlaub ab und an in Italien am Strand. Da schnappt man schon so ein paar Brocken auf, um sich ein Eis zu kaufen. Aber ich möchte die Sprache gerne richtig lernen."

„Sprechen Sie andere romanische Sprachen?"

„In der Schule habe ich Latein gelernt. Allerdings hatte ich danach keine Gelegenheit mehr, es zu sprechen ... man trifft heutzutage nicht mehr allzu viele alte Römer."

„Sehr gut, das Lateinische wird Ihnen auf alle Fälle von Nutzen sein, da einige Wörter sehr ähnlich sind."

„Und was empfehlen Sie mir jetzt?" Er runzelte ungeduldig die Stirn, da die Verkäuferin auf seinen Scherz mit den alten Römern so gar nicht eingestiegen war.

„Nicht so schnell. Nachdem wir Ihren sprachlichen Hintergrund beleuchtet haben, kommen wir zu den Lernmethoden. Lernen Sie lieber durch Lesen oder durch Zuhören?"

„Am liebsten eine Kombination aus beiden."

„Sehr gut, da habe ich genau das Richtige für Sie." Sie griff in das Regal und holte eine große Schachtel heraus. „Hier, ein Sprachkurs mit CD für Leute, die ..."

„Geben Sie schon her, ich habe nicht den ganzen Tag Zeit!"

Während Justus zur Kasse eilte, glaubte er, die Augen der Verkäuferin wie Eiszapfen in seinem Rücken zu spüren.

ATHENE

Aber wie passt das zu den Namen Miranda und Stella?
Immer noch klang mir die Frage der Lampe im Ohr. Es gab zwei Möglichkeiten:

Die erste war, dass der Zettel sich nur zufällig zusammen mit den Bildern in dem Buch befunden hatte. Allerdings gab es in Janus` Leben keine derartigen Zufälle.

Die zweite war, dass der Satz tatsächlich etwas mit Frau und Tochter des Doktors zu tun hatte. Nur was?

Der Mensch gibt den Dingen einen Namen. Er macht sie zu dem, was sie sind. Er entscheidet über ihr Schicksal. Das waren die Worte, die ich so oft von Janus gehört hatte.

„Aber Stella und Miranda sind Menschen, keine Dinge", grübelte ich. „Da kann der Satz doch gar nicht passen."

„Für dich vielleicht nicht", vernahm ich da auf einmal die Stimme des Siegelringes. „Und das ist dann wohl auch der Unterschied zwischen dir und deinem verstorbenen Meister."

„Wie meinst du das denn schon wieder?"

„Oh, jetzt enttäuschst du mich. Stell dich nicht dümmer, als du bist! Du kennst die Antwort genau, willst sie bloß nicht wahrhaben, weil das deine kleine heile Welt zum Einsturz bringen würde."

„Was heißt heile Welt? Janus wurde ermordet. Merkur, mein engster Vertrauter, hat sich bei einem

Unfall die Kehle aufgeritzt. Ich stehe hier vor einem Scherbenhaufen."

„Na, dann macht die letzte Erkenntnis auch keinen großen Unterschied mehr."

Machte sie das wirklich nicht? Bis jetzt hatte ich mir ja immer noch, sämtlichen Widerständen zum Trotz, mein Idealbild von Janus aufrechterhalten. Ich ahnte jedoch, dass es hiermit endgültig vorbei sein würde, wenn ich mir selbst die Antwort gab.

Ich zögerte und versuchte dabei, das höhnische Gekicher des Siegelringes zu ignorieren. Während ich so mit mir kämpfte, erschien auf einmal Merkur vor meinem geistigen Auge, als wollte er mich an mein Versprechen, *alles* aufzuklären, erinnern.

Ich atmete tief durch. „Wenn man den Satz auf dem Papier im Zusammenhang mit Stella und Miranda sieht, dann kann er nur das eine bedeuten: Janus hat, wie und aus welchen Gründen auch immer, über ihr Schicksal entschieden."

JUSTUS

„Ciao Mona, come stai?" „Sto bene, grazie. E tu?" „Anche ..." Seine Gedanken, die sich eben noch auf die Stimmen aus dem Auto-CD-Player konzentriert hatten, schweiften plötzlich in weite Ferne.

Er erinnerte sich an Szenen am Strand, an glückliche Tage voller Hoffnung und Frohsinn. An Kinder, die Sandburgen bauten und im blauen Meer

Wasserball spielten, an Wettrennen mit Luftmatratzen, an bunte Eiskugeln, die schon in der Hand zerschmolzen.

Damals war noch alles in Ordnung gewesen. Sie waren eine Familie. Bis, ja bis ...

Justus drückte auf einen Knopf und der CD-Wechsler legte die nächste Scheibe ein.

Bald klangen die gewaltigen Töne von Beethovens Fünfter aus den Lautsprechern.

Ja, die Schicksalssymphonie, die passt eindeutig besser zu meiner momentanen Stimmung und meinem Leben. Er gab Gas und jagte seinen Wagen auf die Autobahn.

ATHENE

Wie aus dem Nichts überflutete ein infernalisches Klingeln mein Gehör. Müde blickte ich zu dem alten Telefon auf dem Beistelltischchen. Das Inferno war davon unbeeindruckt.

„Na da muss es ja einer wirklich wichtig haben", grummelte ich.

Es schellte noch drei Mal, dann war es endlich vorbei. Wohltuende Ruhe.

„Tut mir leid, dass ich dich geweckt habe."

Die Entschuldigung fuhr mir durch Walze und Tasten. Das Telefon rollte das r auf eine Weise, die seinem schrillen Klingeln um Nichts nachstand.

„Das wird wohl wieder der merkwürdige Italiener gewesen sein."

Auf einmal war ich hellwach. „Welcher merkwürdige Italiener?"

„Nun, der, mit dem Justus in letzter Zeit so oft telefoniert hat."

„Und erinnerst du dich, worüber die beiden gesprochen haben?"

„Der Typ hat etwas, das Justus unbedingt will."

„Und was ist das?"

„Das weiß ich nicht. Sie sprachen immer nur von *dem Objekt*."

„Und Justus will es unbedingt haben?"

„Ja, er will sogar nach Rom fliegen, um es sich anzusehen."

„Und weißt du, wann?"

„So schnell wie möglich."

Das waren ja hochinteressante Neuigkeiten. Wenn ich doch nur wüsste, was genau er dort wollte.

JUSTUS

Justus verließ die Halle des Flughafens und winkte eines der zahllosen Taxis heran, die wie gierige Raubfische auf Touristen warteten. „Via del Corso 574!"

Er ließ sich in den uralten Ledersitz fallen und durch den hektisch hupenden Verkehr der *Ewigen Stadt* chauffieren. Endlich waren sie bei dem imposanten Gebäude angelangt.

Justus löste eine Eintrittskarte für die Galerie. Er warf einen kurzen Blick auf die Vitrinen mit antiken Schriftrollen, streifte durch Säle mit wertvollen Gemälden und erreichte schließlich den dritten Stock.

Vor einem Schaukasten mit antiken Kupfermünzen schlug er wie vereinbart ein kleines grünes Notizbuch auf und begann, etwas hineinzuschreiben.

Wo bleibt bloß dieser Signor Francesco?

Von hinten näherten sich Schritte. Ein alter Aufseher kam heran geschlurft, ließ seine Augen von Justus` Notizbuch bis zu dessen Gesicht wandern und sagte im durch unzählige Touristen geschulten Deutsch:

„Sie warten auf Signore Francesco?"

Worauf sonst, du Fossil, dachte Justus genervt, antwortete jedoch freundlich, „Ja, ich warte".

Daraufhin erklärte ihm der Alte mit schnarrender Stimme, dass sich der Treffpunkt geändert hätte. Signor Francesco hätte natürlich versucht, ihn telefonisch zu erreichen, aber da sei er wohl schon unterwegs gewesen.

„Der neue Treffpunkt ist Stazione Furio Camillo. Benutzen Sie dort bitte den Fahrstuhl."

Mit diesen Worten entfernte sich der Alte langsam.

„Bahnhof Furio Camillo, na prima", murmelte Justus ärgerlich, während er die Treppen des Museums hinunterlief.

Schnell machte er sich mit dem Taxi auf den Weg in den Süden Roms. Dort angekommen, eilte er mit mulmigem Gefühl in der Magengegend zu dem Aufzug, der ihn zum Bahnsteig befördern sollte. Der Fahrstuhl war fast leer, nur ein einzelner Mann betrat hinter ihm die Kabine.

Dann ging es auch schon abwärts. *Doch was ist das?* Der Aufzug ruckelte und blieb mit einem Quietschen stehen.

„Buon giorno, Signore Lilienstein", sagte der Mann und fuhr in gebrochenem Deutsch fort. „Sie haben fur mich?"

Justus erstarrte. Er saß in der Falle. Was, wenn der Typ ihn einfach umlegte und verschwand?

„Buon giorno, Signore Francesco", entgegnete er, so ruhig er konnte. „Sie haben auch etwas für mich."

Der Mann entblößte eine Reihe nikotinbrauner Zähne. Dann nickte er. „Erst Geld. Bitte. Niente Tricks. Sonst Problema."

Justus wusste, dass er keine Wahl hatte. Langsam griff er in seine Jackentasche und holte ein Bündel Geldscheine heraus.

Der Mann zählte sie bedächtig, dann nickte er. „Bene. Gut. Sie finden letzte Tur letzte Wagen nexte Metro."

Mit diesen Worten setzte er den Aufzug wieder in Bewegung. Unten angekommen, zog er höflich den Hut und entfernte sich. Angespannt wartete Justus auf den nächsten Zug. Endlich kam er und Justus ging wie angeordnet zum letzten Wagen. Als er gerade eingestiegen war, wurde er unsanft von einem jungen Mann angerempelt, der an ihm vorbei zum Ausgang stürmte. Bevor er ihm etwas Passendes nachrufen konnte, fuhr der Zug auch schon los.

„Mistkerl!", murmelte er mit zusammengebissenen Zähnen. Dann blickte er sich suchend im Abteil um. Wie er schon fast geahnt hatte, war dieses leer. Er war hereingelegt worden.

ATHENE

Während ich über Justus` Pläne nachgrübelte, kam Mathilde in den Raum. In der Hand trug sie eine Zeitung, die sie neben mich auf den Schreibtisch legte. Interessiert warf ich einen Blick auf das Druckwerk.

Überfall auf römische Kunstgalerie. Die Räuber erbeuteten zahlreiche Gemälde bekannter Künstler.

Ich war wie vom Donner gerührt. Die Buchstaben tanzten vor meinen Tasten. Meine Gedanken überschlugen sich. Justus bekam mysteriöse Anrufe aus Rom, wollte dort Geschäfte tätigen ... und dann dieser Überfall.

„Andererseits könnte das auch ein Zufall sein", versuchte mich meine innere Stimme der Vernunft zu beruhigen.

„Schon ein komischer Zufall", mischte sich die Stimme meines Zweiflers ein.

„Es wurden nur Gemälde gestohlen und mit denen hatte Justus noch nie was am Hut", fuhr die Vernunft fort.

„Trotzdem merkwürdig."

„Erscheint es dir nicht gerade deshalb merkwürdig, weil in letzter Zeit hier sehr viel Merkwürdiges geschehen ist?"

„Hmmm."

„Hättest du diese Gedanken auch gehabt, wenn die anderen merkwürdigen Sachen nicht passiert wären?"

„Hmmm."

„Was hältst du davon, zunächst einmal abzuwarten, wie sich die Sache weiter entwickelt und erst dann ein Urteil zu bilden?"

„Hmmm", entgegnete der Zweifler und verstummte.

JUSTUS

Um sich abzulenken, studierte Justus die Namen der Metrostationen, die auf dem bunten Plan über seinem Kopf zu lesen waren. *Colosseo, Circo Massimo.*

Das traf mitten ins Schwarze. Denn soeben hatte er sich selbst den Löwen zum Fraß vorgeworfen.

Das ist ja wieder mal typisch für dich, schalt er sich wütend. *So was kann wirklich nur dir passieren! Fällt auf den ältesten Taschenspielertrick der Welt rein.*

Frustriert fasste er in die Innentasche seines Mantels.

Das wäre die Krönung, wenn mich dieser Rotzlöffel auch noch ausgeraubt hätte.

Er griff nach seiner Brieftasche und stellte erleichtert fest, dass diese noch an ihrem Platz war. Als er die Hand schon fast wieder herausgezogen hatte, stutzte er. Er tastete vorsichtig nach einem kleinen Gegenstand, der sich vorher noch nicht in der Tasche befunden hatte.

Seine Finger schlossen sich eng um das Metallstück. Er brauchte es gar nicht herausnehmen und anzusehen, denn er hatte es immer noch genau vor seinem inneren Auge. Er kannte jede Linie, jede Vertiefung, jeden winzigen Zacken am Rand der kleinen Münze. Ja, da war es, das so lange verloren geglaubte Gesicht der Frau, die die eine Seite des Geldstücks zierte. Das Gesicht, das damals durch Janus` Schuld eine Odyssee antrat, die erst jetzt ihr Ende gefunden hatte. Das Gesicht Kassandras.

SCHWARZE HANDSCHUHE

„Und? Habt ihr es bekommen?"

Die linke Hand war zur Faust geballt.

„Also nicht! Dann ist er mir noch vor seinem Tod zuvorgekommen. Und ihr wisst, was das bedeutet?"

Panische Schwingungen übertrugen sich auf die rechte Hand und ihren schwarzen Handschuh.

Die Stimme am anderen Ende der Leitung schien lange auf ihr Gegenüber einzureden.

„Und ihr seid sicher, dass es nie in der Kunstgalerie war?"
Die Finger der linken Hand trommelten ungeduldig auf den hölzernen Tisch.
„Ja, das glaube ich auch. Er hat euch bestimmt die vollständige Liste gezeigt. Eine Waffe an der Schläfe bringt auch den Mutigsten zum Reden."
Wieder antwortende Schwingungen.
„Nein, behaltet sie noch als Pfand. Damit er nicht auf dumme Gedanken kommt."
Die rechte Hand knallte den Hörer auf die Gabel.
„Dann gibt es nur noch eine einzige Möglichkeit, wo es sein kann."

ATHENE

Die Sonne war untergegangen. Ich beobachtete die Blätter der Eiche, die im Mondlicht tanzten, und träumte vor mich hin.

Plötzlich hörte ich etwas, das wie die Schwingen einer Fledermaus klang. Es war fast wie in Bram Stokers Vampirgeschichte, die Janus seinem Sohn als Kind vorgelesen hatte. Aber nur fast. Als ich zur Tür blickte, sah ich, dass eine Gestalt in die Bibliothek gehuscht war. Ich versuchte, ihr Gesicht zu erkennen,

aber es wurde von einem großen Hut verdeckt.

Mein Blick folgte ihr, während sie sich im Raum umsah. Jetzt stand sie vor dem Fenster und ich erstarrte. Ihre Hände waren von schwarzen Lederhandschuhen bedeckt.

Sie musterte jeden Gegenstand im Raum. So, als würde sie etwas suchen.

Auf einmal ging sie mit bedächtigen Schritten zu Janus' Porträt, das über der Tür hing. Sie nahm es herunter, trug es zu meinem Schreibtisch und legte es, mit der bemalten Seite nach unten, dort ab. Im Licht des Mondscheins holte sie ein kleines Werkzeug aus ihrer Manteltasche und entfernte die Metallklammern, die die Rückwand mit dem Rahmen verbanden. Sie nahm die Rückwand ab, lehnte sie an den Tisch und wandte sich wieder dem Bild zu. Vorsichtig fuhr sie mit dem Werkzeug unter ein Blatt Papier, das hinter Janus' Porträt verborgen gewesen war. Sie nahm es heraus und legte es ebenfalls auf den Schreibtisch.

Mir stockte buchstäblich der Atem. Das Bild zeigte einen Janus in jüngeren Jahren, stolz und aufrecht in der Pose eines Edelmannes. Mit ihm auf dem Bild waren eine junge Frau und ein Mädchen, beide mit den gleichen großen, traurigen Augen. *Was hat das zu bedeuten? Wer waren sie? Und was machten sie auf einem Bild mit Janus?*

Während ich fieberhaft versuchte, mir einen Reim auf die Sache zu machen, hatte die Gestalt die Rückwand wieder am Bilderrahmen befestigt und Janus' Porträt an den gewohnten Platz gehängt.

Dann kam sie zurück zum Schreibtisch, hob das Bild hoch und betrachtete es eine Weile. Dies gab mir die Gelegenheit, den kleinen Stempel auf der Rückseite zu entziffern. *Alessandro Nurci, Roma.*

Kaum hatte ich das gelesen, rollte sie das Bild auch schon zusammen und steckte es in ihren Mantel. Sie warf einen letzten Blick durch den Raum, dann verließ sie mit schnellen Schritten die Bibliothek.

SCHWARZE HANDSCHUHE

„Ja, richtig. Ich habe den Beweis. Euer Auftrag hat sich erledigt."

Der Gesprächspartner schien einen Vorschlag zu machen, der jedoch keine Zustimmung fand. Der linke Zeigefinger spreizte sich abwehrend.

„Nein, lasst sie jetzt frei! Sie haben mit uns kooperiert. Das muss belohnt werden."

Die Person am anderen Ende der Leitung schien gegensätzlicher Meinung zu sein, denn die schwarz behandschuhten Finger der linken Hand trommelten ungeduldig am Telefonhörer.

„Nein! Sie wissen ja nicht, was ihr gesucht habt. Und von grundlosem Töten halte ich gar nichts. Ihr verschwindet noch heute Abend außer Landes! Eure Belohnung findet ihr an der vereinbarten Stelle."

ATHENE

Buchstäblich schlotternd vor Angst stand ich da. Solange der ‚Besuch' im Raum war, war ich äußerlich die Ruhe selbst gewesen. Aber jetzt brach alles aus mir heraus, mein Farbband vibrierte wie bei einem Kälteschock.

„Hey, mach mal nicht so einen Lärm!", kam es auf einmal vom Siegelring.

„Du machst mir Spaß! Hier fand gerade ein Einbruch statt und du willst mich maßregeln?"

„Ja ja, der böse Einbrecher war da. Hat ein gar schönes Bildchen geklaut."

Eine schier unerträgliche Spannung ergriff mich. Ich kannte inzwischen die Andeutungen des Rings besser, als mir lieb war. Da er sich wieder besonders sarkastisch gab, würde bestimmt bald eine weitere Bombe in Bezug auf Janus platzen.

„Und du kannst mir gewiss sagen, wer auf dem Bild ist." Ob er mir meinen lockeren Plauderton abnehmen würde?

„Du wirst doch wohl noch deinen geliebten Herrn und Meister erkennen." Seine Stimme ätzte wie Salzsäure auf meinen Hebeln.

„Aber sicher doch. Ich meine ja auch die junge Frau und das Mädchen, die noch zu sehen sind", plauderte ich munter weiter und ignorierte die Spitze.

„Das wüsstest du jetzt gern. Sag`s dir aber nicht! Sag`s dir aber nicht!"

„Weil du es selbst nicht weißt! Unglaublich, aber wahr, der schlaue Siegelring weiß mal etwas nicht ..."

„Miranda und Stella. Die Frauen auf dem Bild sind Miranda und Stella."

Ich versuchte, mir nicht anmerken zu lassen, was der Klang dieser beiden Namen in mir auslöste. „Ach so, dann hat Janus mit dem Doktor und dessen Familie einen kleinen Ausflug nach Rom gemacht. Daran ist doch nichts Ungewöhnliches, es soll ja eine sehr schöne Stadt sein."

„Der Doktor war nicht mit dabei."

„Das habe ich auch selbst gesehen, dass er nicht auf dem Bild ist".

„Du willst mich nicht verstehen, oder?"

„Dann sag es so, dass ich es verstehe!"

„Der Doktor war nicht mit in Rom."

Ich war perplex. Noch bevor ich es verhindern konnte, sprudelte es aus mir heraus:

„Aber was machte Janus mit der Frau und der Tochter des Doktors allein in Rom?"

„Ja, das ist die große Frage, meine Liebe. Genau das ist des Pudels Kern."

JUSTUS

Auf dem Rückflug von Rom blätterte Justus in verschiedenen italienischen Zeitungen, die er am Flughafen gekauft hatte.

Ja, die Verkäuferin im Buchladen hatte schon recht, dachte er bei sich, *der Kurs ist wirklich zu empfehlen.*

Eine der wenigen Sachen, wofür er seinem Vater dankbar war, war sein ausgezeichnetes Gedächtnis. Es hatte ihm gereicht, auf dem Hinflug die CD einmal in seinem tragbaren Player abspielen zu lassen und dazu das Buch mitzulesen. Er war zwar noch nicht in der Lage, sprachlich anspruchsvolle Sätze zu formulieren. Doch für das Lesen und Verstehen von Zeitungsanzeigen genügte das erworbene Wissen allemal. Alles Weitere konnte später folgen.

Aufmerksam las er Anzeige für Anzeige durch. Er erfuhr, wer wann verstorben war und wer um wen trauerte, welche Häuser zu verkaufen oder zu vermieten waren, welche Hunde oder Katzen entlaufen waren und wer welchen Unterricht oder sonstige Dienstleistungen anbot.

Aber das, wonach er suchte, schien nicht dabei zu sein.

Er steckte die Zeitungen in das Gepäcknetz und lehnte sich gemütlich in seinen Sessel. Mit seiner linken Hand tastete er nach der Münze, die er inzwischen um den Hals trug.

Er schloss die Augen und gab sich den Klängen der Beethoven-CD hin, die jetzt sein Ohr umschmeichelten.

ATHENE

Das also ist des Pudels Kern.

Während ich noch darüber nachdachte, wer in diesem Fall Doktor Faustus und wer Mephisto war, hörte ich Schritte von draußen.

Ich spürte, wie sich mein Farbband in Panik zusammenzog. Würde etwa die Gestalt mit den schwarzen Handschuhen zurückkehren?

Blödsinn, schalt ich mich ärgerlich. *Es ist helllichter Tag, da wird sie es kaum wagen, so einfach hereinzuspazieren.*

Schon ging die Tür auf und statt des großen Unbekannten kam Justus herein. In der Hand trug er einen flachen, silbern glänzenden Kasten, den er vorsichtig auf den Schreibtisch neben mich stellte.

Dann nahm er zwei Brillen aus seiner Tasche und legte sie auf den Kasten.

Anschließend eilte er wieder nach draußen. Noch bevor ich mir über das gerade Geschehene Gedanken machen konnte, fingen die beiden Sehhilfen schon lauthals an, sich zu streiten.

„Ich hab dir doch gesagt, dass das so nicht geht! Wenn du immer den Staub der Straßen magisch anziehst, brauchst du dich nicht zu wundern, wenn er dich nur höchst selten aufsetzt!"

„Was heißt hier Staub anziehen? Du hast gut reden! Dich nimmt er ja nur als Lesebrille, da besteht gar nicht die Gefahr, dass du staubig wirst!"

„Stopp, aufhören!", unterbrach ich die beiden. „Was sind denn das für Sitten? Ihr platzt hier grußlos herein und fangt sofort ein Gezeter an, dass einem die Tasten klingeln! Was soll das Ganze?"

Sichtlich geschockt ob meines Ausbruchs, lagen die beiden eine Zeit lang da und sagten gar nichts. Dann begann die größere von beiden schüchtern:

„Es ist doch nur, weil wir uns so im Stich gelassen fühlen."

„Von wem im Stich gelassen?"

„Na, von Justus", antwortete die kleinere. „Seit er sich diese komischen kleinen Plättchen ins Auge steckt, braucht er uns fast gar nicht mehr."

„Und das, obwohl wir ihm jahrelang tagein, tagaus immer treue Dienste geleistet haben."

„Ja, er konnte zu jeder Tages- und Nachtzeit durch uns hindurchsehen."

„Aber dann, nach Rom, hatte er diese komischen Dinger. Und seitdem ..."

„Dann erzählt mir doch mal, wie es in Rom war. Das bringt euch vielleicht auf andere Gedanken", unterbrach ich das Wehklagen. „Was habt ihr denn so alles gesehen?"

„Nun, nach einem reichlich turbulenten Flug landeten wir schließlich sicher in Rom."

„Ja, das war ein Auf und Ab. Wenn ich gekonnt hätte, hätte ich die Augen geschlossen", warf die andere Brille ein.

So ging es in vielen bildhaften Beschreibungen weiter. Ich erfuhr von den diversen Treffen und der Erleichterung, mit der Justus bemerkt hatte, dass er sich im Besitz der Münze befand. *Zeus sei Dank*. Nach dieser Erzählung war klar, dass Justus nichts mit dem Raub in der Kunstgalerie zu tun haben konnte. *Aber warum hatte er dann die gefährliche Reise auf sich genommen?*

Was war dran an der Münze?

„Und wie sah die Münze aus?", fragte ich.

„Sie war wohl aus Kupfer und hatte einen Frauenkopf drauf. Genauer konnte ich sie nicht sehen, denn er trug sie die ganze Zeit unter seinem Hemd", antwortete die Fernbrille.

„Aber ich konnte sie erkennen!", entgegnete die Lesebrille mit unverhohlenem Triumph.

„Sie ist sehr fein gearbeitet, hat aber leider einige Kratzer. Wie meine Kollegin schon sagte, ist tatsächlich ein Frauenkopf drauf. Ich habe sie übrigens sofort wiedererkannt."

„Wen, die Münze?", fragte ich.

„Nein, die Münze selbst habe ich noch nie vorher gesehen. Aber ich bekomme eh fast nur bedrucktes Papier vor die Linsen. Ich meine die Frau auf der Münze. Die sah aus wie die Frau in den Büchern, die Justus in letzter Zeit so oft angesehen hat."

„Und? Wer war sie?", fragte ich drängend.

„Nun, die Frau, die auf der Münze abgebildet war, war die Seherin Kassandra."

JUSTUS

Wieder stand Justus in der großen Buchhandlung und sah sich nach der Verkäuferin um, die ihn wegen des Italienischkurses beraten hatte. Schließlich fand er sie bei den Bildbänden.

„Hallo", sagte er mit einem verschmitzten Lächeln, „hätten Sie kurz Zeit für mich?"

„Der Kunde ist König", entgegnete sie kühl. „Womit kann ich Ihnen helfen?"

„Nun, zuerst einmal damit, dass Sie meine Entschuldigung annehmen. Ich habe mich das letzte Mal sehr unhöflich verhalten. Und Sie haben sich so viel Mühe gegeben, das Richtige für mich herauszusuchen."

Ein Lächeln erschien auf ihrem Gesicht. „Und? War der Kurs das Richtige für Sie?"

„Kann man wohl sagen. Und dafür würde ich mich gerne mit einer Tasse Kaffee revanchieren."

Sie überlegte. „Hm, dazu weiß ich eigentlich noch nicht genug über Sie."

Justus schluckte. Auf eine derartige Reaktion war er überhaupt nicht gefasst gewesen.

„Also, ich bin Biologe, interessiere mich für Sprachen und bin gerade dabei, Italienisch zu lernen."

Sie grinste. „Na gut, Herr sprachinteressierter Biologe, der gerade italienisch lernt. Ich habe eh in ein paar Minuten Pause und um die Ecke ist ein nettes kleines Café."

„Abgemacht", sagte Justus erleichtert.

Er trat zu dem Regal mit den Bildbänden und zog einen über Rom heraus. Er schlug ihn auf und blätterte Seite für Seite durch.

„Eine wunderbare Stadt", bemerkte die Verkäuferin. „Haben Sie dort schon mal Urlaub gemacht?"

„Das ist lange her", antwortete er mit Wehmut in der Stimme.

„Aber es gibt Erinnerungen, die sind bis heute geblieben. Und Sie?"

„Warten Sie, ich hole schnell meine Jacke."

Mit verwundertem Blick sah er ihr hinterher. Dann nahm er kurz entschlossen den Bildband, ging zur Kasse und bezahlte ihn.

Kurze Zeit später war auch die Verkäuferin da und sie machten sich auf den Weg zum Café.

„Auf ihre Frage von vorhin: ja, ich habe an der Universität La Sapienza studiert."

„Dann sind Sie quasi eine Einheimische."

„Sagen wir mal so, ich habe einiges über Rom und seine Bewohner gelernt."

Im gleichen Augenblick kam der Kellner und brachte die bestellten Getränke. Schweigend nippten beide am Kaffee. Dann sagte die Verkäuferin:

„Im Italienischen gibt es sehr hilfreiche Redewendungen. Eine heißt mi chiamo Bianca. Come ti chiami?"

Justus errötete. Erst jetzt bemerkte er, dass sie sich tatsächlich noch nicht vorgestellt hatten. Schnell entgegnete er: „Ciao Bianca, mi chiamo Justus."

Bianca grinste ihn an: „Na, das klappt ja schon ganz gut, Justus."

„Vielen Dank. Ich lerne Sprachen relativ schnell, zumindest die Grundlagen." Er überlegte. „Allerdings habe ich gehört, dass man Italienisch noch schneller durch ständiges Sprechen lernt."

„So, haben Sie das?"

„Ja, das habe ich."

„Und woran hätten Sie da gedacht?"

„Nun, ich bräuchte jemanden, der bereit wäre, ab und an meine Gegenwart zu ertragen und sich mit mir auf Italienisch zu unterhalten."

„So, und hätten Sie da jemanden Bestimmten im Auge?"

„Nun, ähm". Er zögerte. Irgendwie kam er sich reichlich albern vor. Es war sonst so gar nicht seine Art, einfach eine Wildfremde anzusprechen. Aber nun hatte er sich schon mal hineingeredet.

„Nun, ich habe mir hier gerade diesen italienischen Bildband gekauft. Doch leider verstehe ich noch nicht alles, was da drin steht. Und mir gegenüber sitzt quasi eine Expertin, die in dieser Stadt gelebt hat und deshalb die Sprache perfekt beherrscht."

Sie schwieg, nippte an ihrem Kaffee und schien über irgendetwas nachzudenken. Dann entgegnete sie:

„Wenn ich mir das so überlege, könnte es mir schon gefallen, wieder mal italienisch zu sprechen."

Sie lächelte. „Also abgemacht, ich bringe ihnen das Sprechen bei, parliamo italiano."

ATHENE

Die Münze der Seherin Kassandra. Das kam mir bekannt vor. Schließlich fiel es mir wie Staub von den Tasten: Das war die Kupfermünze, die lange an der Frauenstatue rechts neben der Tür gehangen hatte und dann auf einmal verschwunden war. Das Einzige, was noch an sie erinnerte, war eine grünliche Verfärbung an der Brust der Statue. Janus hatte ihr nie nachgetrauert und Justus, der ihn einmal deswegen zur Rede gestellt hatte, nur ausweichend geantwortet: „Die Zeiten ändern sich – und wir uns mit ihnen."

Das ist wohl wahr, fragt sich nur, ob das in deinem Fall eine gute, oder eine schlechte Nachricht ist.

Während ich grübelte, stürmte plötzlich Justus herein.

Auf dem Arm trug er einen Karton, auf dem ein silbriges Gehäuse abgebildet war. Er stellte diesen ab und verschwand.

Kurze Zeit später kam er wieder mit einem großen Stapel Papier. *Sehr seltsam!*

Das Ganze wiederholte sich mehrere Male, bis der Raum schließlich mit drei Schachteln, dem Papier, zahlreichen Kabeln und einigen Stangen und Brettern vollgestellt war.

Meine schöne Bibliothek! Was hast du nur aus ihr gemacht? Eine Rumpelkammer!

Unbeeindruckt von meinen Gefühlen begann er, die Stangen und Bretter zusammenzubauen. Das schien nicht wirklich einfach zu sein. Er starrte oft mit gerunzelter Stirn in die Montageanleitung, riss bereits zusammengesteckte Teile wieder auseinander und probierte neue Varianten. Endlich schien alles zu passen. Das Ergebnis seiner Bemühungen war ein merkwürdiges Gestell, das aussah wie ein riesiger Laufstall.

Als Nächstes öffnete er die Kartons und verteilte ihren Inhalt auf dem Fußboden. Dann brachte er die Schachteln wieder hinaus.

Ich atmete erleichtert auf. Seit meinem ‚Ausflug' ins Leihhaus hatte ich zu den Pappdingern ein ziemlich gestörtes Verhältnis.

Als er wieder da war, begann er, die silbrigen Gehäuse auf dem Gestell aufzubauen. Ganz oben auf legte er das flache Ding, das er gestern schon gebracht hatte.

Dann steckte er in jedes dieser Dinger mindestens ein Kabel und verband sie miteinander. Weitere Kabel führten zu der Steckdosenleiste, die hinter dem Gestell lag.

Justus schien mit dem Ergebnis zufrieden zu sein, denn er klappte das flache Ding auf, drückte auf einen Knopf und ... nichts geschah. Er drückte noch mal, rüttelte an den Kabeln, prüfte die Verbindungen, aber es tat sich ... nichts.

Leise vor sich hin fluchend ging er zum Telefon, wählte eine Nummer und wartete darauf, dass sich sein Gegenüber meldete.

„PC-Hotline, Sie wünschen?", klang es vom anderen Ende der Leitung.

„Ich *wünsche*, dass mein neu installierter Laptop funktioniert! Er lässt sich nicht einschalten."

„Haben Sie alle Teile ordnungsgemäß miteinander verbunden?"

„Natürlich habe ich das. Und die Stromkabel stecken alle fest in der Steckerleiste." Er schnaubte vernehmlich.

„Und haben Sie die Leiste auch an die Steckdose angeschlossen?"

„Hm, ja." Justus wand sich auf einmal wie ein Aal auf dem Trockenen. „Das habe ich anscheinend vergessen. Danke für Ihre Hilfe."

Rasch legte er auf, steckte das Kabel der Steckerleiste in die Dose an der Wand und drückte erneut einen Knopf auf dem flachen Ding. Es begann, bläulich zu schimmern.

„Sehr gut, du kleine Blechbüchse. Der Anfang wäre gemacht. Alles Weitere muss noch ein wenig warten." Justus drückte auf einen Knopf und das Schimmern war wieder verschwunden.

Er schob das Gestell neben den Schreibtisch und drehte es etwas, sodass ich es jetzt auch von vorne sehen konnte. Mein Blick fiel auf das geöffnete flache Ding. Dies war der Moment, mich bei all den Leuten zu entschuldigen, über die Janus und ich beim Zeitungslesen immer gelacht hatten. Bei den Leuten, die von Begegnungen mit Außerirdischen berichtet hatten. Denn vor mir thronte ein futuristisches Ebenbild meiner Selbst.

MERKUR

Einsam und verlassen stand Merkur im Sperrmülldepot. Zwar waren um ihn herum zahlreiche andere Gegenstände, aber alle starrten nur traurig vor sich hin und sagten keinen Ton.

Merkurs Allgemeinzustand hatte sich etwas verbessert. Er hatte gelernt, trotz der vielen Risse in seinem Hals zu atmen und zu sprechen. Aber zu mehr als „Hallo" oder „Wie geht´s" waren seine wieder erworbenen Fähigkeiten wohl nicht zu gebrauchen.

Es war ein ständiges Kommen und Gehen. Sachen wurden gebracht und abgeholt. Wohin, das wagte hier keiner zu fragen. Manche hatten Glück und landeten bei irgendjemand, der sie brauchen konnte und bei dem sie ein mehr oder weniger erfreuliches Dasein fristen durften. Andere dagegen wurden von den Männern in den grauen Anzügen abtransportiert. Es gab geflüsterte Gerüchte über eine schreckliche Schrottpresse, die jeden noch so stabilen Körper zermalmte und zerquetschte wie der Daumen eines Menschen eine Laus.

Und wieder wurde ein neuer Gegenstand abgeliefert. Er steckte in einem blauen Plastiksack. Ein Mitarbeiter nahm ihn heraus und legte ihn auf einen freien Platz neben Merkur.

Der Sauger glaubte, seinen Blicken nicht zu trauen. Es war der Föhn, der sich orientierungslos umsah:

„W-W-Wo b-b-bin ich?"

„Im Ssperrmülldepot", antwortete Merkur, der sein s noch nicht völlig unter Kontrolle hatte.

„M-M-Merkur, b-b-bist d-d-du´s wirklich?"

„Ja, aber wie kommst du denn hierher?"

„W-W-Wanderer haben mich g-g-gefunden und mitgenommen. Und was machst d-d-du hier?"

Merkur erzählte dem Föhn, was sich nach dessen Abtransport durch die Gestalt mit den schwarzen Handschuhen zugetragen hatte.

„D-D-Da ist ja einiges p-p-passiert", sagte der Föhn, nachdem Merkur geendet hat.

„Ja, da ist einiges passiert."

Beide schwiegen eine lange Zeit. Dann sagte der Föhn:

„I-I-Ich verstehe, d-d-dass d-d-du sauer auf mich b-b-bist."

„Wieso ssollte ich ssauer auf dich ssein?"

„W-W-Weil ich d-d-dir wegen K-K-Kassandra nicht alles g-g- gesagt habe."

„Nein, nicht ssauer, nur ssehr enttäuscht. Ich dachte, wir wären Freunde, die ssich vertrauen."

„I-I-Ich hatte lange verlernt, zu vertrauen. Und jetzt ist es zu spät."

„Für einen Neuanfang ist es nie zu sspät", entgegnete Merkur nach einer Pause.

„D-D-Der Schlüssel, d-d-den d-d-die schwarzen Handschuhe g-g-geklaut hatten, war von K-K-Kassandras T-T-Tagebuch."

„Kassandra hat Tagebuch geschrieben?"

„J-J-Ja, auf italienisch."

„War ihre Mutter denn Italienerin, oder woher konnte ssie die Ssprache?"

„S-S-Sie hat einige Zeit in Italien g-g-gelebt."

In diesem Augenblick kam ein älteres Ehepaar vorbei, das Merkur und den Föhn interessiert betrachtete. Sie wurden hochgehoben und von allen Seiten betastet.

„Was meinst du, meine Liebe? Wäre das was für uns?"

„Sie sehen beide ein wenig mitgenommen aus, doch das lässt sich schön polieren. Aber glaubst du, sie funktionieren überhaupt noch?"

„Das werden wir schon sehen. Und wenn nicht, dann habe ich genug Werkzeug, um sie wieder flottzukriegen. Anders als dieses neumodische Zeug lassen die sich gut reparieren."

„Da hast du bestimmt recht, mein Lieber."

Mit diesen Worten wurden Merkur und der Föhn aus der Halle getragen.

Zurück blieb ein kleiner Briefbeschwerer, der der Unterhaltung interessiert gelauscht hatte.

ATHENE

Dieses Ding, das Justus gebracht hatte, war mir mehr als unheimlich. Es hatte Tasten, aber keine Hebel, an denen diese befestigt waren. Auch ein Farbband konnte ich nirgends entdecken. Und dann diese große schwarze Wand, die über den Tasten ragte.

„Was ist das nur?", murmelte ich halblaut.

„Das", vernahm ich die Stimme der Lesebrille, „ist ein Computer. Eines dieser neumodischen Dinger, die alles wissen und alles können ... außer Kaffeekochen."

„*Ein was?*"

„Ein Computer, eine Schreibmaschine mit Bildschirm, mit der du Briefe schreiben und auch Bücher lesen kannst."

„Aber wieso Bücher lesen, die stehen doch im Regal?"

„Die Bücher, die du mit dem Computer lesen kannst, stehen in einer riesigen Bibliothek."

„Und wo ist die?"

„Ähm, das weiß ich auch nicht so genau."

Ich war völlig verwirrt. Justus besaß eine Schreibmaschine, auf der er schreiben *und* lesen konnte. Ich musste unbedingt mehr erfahren.

„Und was macht Justus mit diesem Computer?"

„Er liest italienische Texte."

„Wie bitte? Seit wann denn das?"

„Angefangen hat es auf dem Rückflug von Rom. Da hat er sich am Flughafen alle möglichen italienischen Zeitungen gekauft und die Anzeigen durchgesehen."

„Und hat er etwas Bestimmtes gesucht?"

„Weiß ich nicht. Aber wenn ja, dann hat er es wohl bis jetzt noch nicht gefunden."

JUSTUS

Justus schlenderte mit Bianca durch die Hallen der Sperrmüllanlage. Er hatte ihr geholfen, einen abgenutzten Sessel zu entsorgen. Nun sahen sie sich zum Zeitvertreib noch ein paar alte Gegenstände an.

„Che bello, questa piccola tavola."

Ja, es war wirklich ein schöner kleiner Tisch. Zeit zum Restaurieren müsste man haben.

Justus war gerne mit Bianca zusammen und freute sich immer schon auf ihre Italienischstunden. Meist trafen sie sich in der Buchhandlung, kauften danach in dem kleinen italienischen Laden ein, gingen anschließend zu ihr, kochten gemeinsam und unterhielten sich über dies und das.

Jetzt fiel sein Blick auf einen Briefbeschwerer, der ganz unten in einem Regal lag. Er bückte sich, hob ihn auf, wischte mit seinem Ärmel den Staub weg und betrachtete ihn genau.

„Das gibt´s doch gar nicht", murmelte er.

„Was gibt es nicht?"

„Das ist der alte Briefbeschwerer meines Vaters. Keine Ahnung, wie der beim Sperrmüll gelandet ist."

„Ist ja auch nicht so wichtig. Hauptsache, du hast ihn wiedergefunden."

„Ja, da hast du wohl recht."

„Und weißt du, was er darstellt?"

„Nein, keine Ahnung", musste Justus zugeben.

„Das ist der kleinste Obelisk Roms, ein Elefant, den du auf der Piazza della Minerva sehen kannst. Ich bin an ihm immer vorbeigekommen, als ich von meiner Wohnung zur Universität gegangen bin."

ATHENE

Spät am Abend wurde ich durch die Lichter eines herannahenden Autos geweckt. Das Fahrzeug hielt an, die Scheinwerfer gingen aus und ich wartete gespannt, wer zu dieser späten Zeit noch kommen würde. Es war Justus, der, sichtlich beschwingt, etwas auf Janus` Schreibtisch stellte und gleich wieder verschwand.

Ich versuchte, das Etwas in der Dunkelheit zu erkennen. Schließlich hatte sich mein Sehvermögen auf die Lichtverhältnisse eingestellt. Ich sah die Umrisse einer kleinen Statue.

„Wenn es doch nur heller wäre!", brummelte ich ungehalten, „ich wüsste zu gerne, was Justus da abgestellt hat."

„Na das ist vielleicht eine nette Begrüßung. Guten Abend Athene, lange nicht gesehen."

Ich war baff. „Briefbeschwerer? Bist du´s wirklich?"

„Wenn nicht, dann wäre ich schon eine täuschend echte Kopie meiner Selbst." Er lachte leise.

„Wo bist du die ganze Zeit gewesen? Ich habe dich wirklich vermisst!", sprudelte es aus mir heraus.

„Nun ja, ich hatte, dank Janus, einen recht ungemütlichen Aufenthalt inmitten von Sperrmüll. Aber heute hat sein Sohn mich gefunden und heimgebracht. Und wie ist es dir mit Janus ergangen?"

Mir wurde flau. Stimmt, das konnte er ja noch gar nicht wissen. Er war schon einige Zeit vor Janus` Ableben von ihm ‚entsorgt' worden.

„Janus ist tot", antwortete ich.

„Oh, hat es ihn also doch mal erwischt. Wie ist es passiert?"

Ich erzählte dem Briefbeschwerer ausführlich, was wir so alles herausgefunden hatten.

„Na ja, sonderlich weit sind wir noch nicht gekommen", schloss ich meinen Bericht.

„Dann war das also doch der kleine Sauger. Ich wusste, dass ich ihn kannte. Aber wir hatten ja nie viel Kontakt und meine Augen sind leider auch nicht mehr die Besten."

„Wovon sprichst du?"

„Nun, ich hatte beim Sperrmüll zufällig ein Gespräch zwischen ihm und einem stotternden Föhn mit angehört. Sie hatten sich gestern überraschend wieder getroffen und sich über die Ermittlungen ausgetauscht. Dann wurden sie von einem Ehepaar mitgenommen, das wohl so alte Teile sammelt und repariert."

Ich atmete auf. Merkur und dem Föhn ging es also gut.

„Das freut mich sehr für die beiden. Und hast du mitbekommen, ob sie etwas Neues herausbekommen haben?"

„Nun, der kleine Föhn hat dem Sauger erzählt, dass der Schlüssel, den diese schwarzen Handschuhe gestohlen haben, zu Kassandras Tagebuch gehörte."

„Kassandra hat Tagebuch geschrieben? Das ist ja sehr interessant. Aber er hat nicht gesagt, was drin stand?"

„Nein. Nur, dass es auf Italienisch verfasst war."

Während ich noch versuchte, mir auf das Erfahrene einen Reim zu machen, kam Justus wieder hereingestürmt. In der Hand trug er buntes Papier und Bänder, die im Licht der eben eingeschalteten Schreibtischlampe funkelten.

Er griff nach dem Briefbeschwerer und wickelte ihn vorsichtig in das Papier. Dann nahm er die Bänder, verschloss damit das Päckchen und machte eine kunstvolle Schleife. Schließlich löschte er das Licht und verließ die Bibliothek.

Das war's dann also mit deinem kurzen Gastspiel, dachte ich bei mir. *Wo Justus dich wohl hinbringt? Na, der Verpackung nach zu schließen wird es ein erfreulicher Anlass sein.*

JUSTUS

An diesem Samstagmorgen läutete Justus schon früh an Biancas Tür. Als sie aufgemacht hatte, hielt er ihr das Päckchen unter die Nase. „Buon compleanno, cara Bianca. Alles Gute zum Geburtstag."

Sie bat ihn herein. Der Frühstückstisch war bereits gedeckt. Gespannt öffnete sie das Geschenk.

„Du bist ja wahnsinnig!" Mit großen Augen starrte sie auf den kleinen Elefanten. „Das ist doch der Briefbeschwerer deines Vaters."

„Das war er. Und jetzt gehört er dir."

„Ich werde ihn in Ehren halten."

„Das weiß ich", entgegnete Justus ernst.

ATHENE

Als ich erwachte, glaubte ich erst, dass ich alles nur geträumt hatte. Das Auftauchen der Schreibmaschine, die auch lesen konnte. Das Gespräch mit den Brillen. Der kurze Besuch des Briefbeschwerers. All das war so verworren, dass es gar nicht wahr sein konnte.

Müde blickte ich umher und wurde eines Besseren belehrt. Die neue Schreibmaschine stand immer noch dort, wo Justus sie gestern hingeschoben hatte.

„Das war's dann wohl. Bald gehörst du zum alten Eisen und sie nimmt deinen Platz ein."

Erschrocken blickte ich mich um, um die Quelle dieses unfassbaren Satzes zu finden. Die anderen schliefen jedoch alle noch und so lauschte ich wohl oder übel in mich selbst hinein.

„Zweifler, mach doch nicht immer so einen Wind!", vernahm ich plötzlich die Stimme der Vernunft. *„Noch ist nichts bewiesen."*

„Aber es ist doch immer so, dass das Alte dem Neuen weichen muss. Den Staub saugt jetzt ein anderer und ..."

„Moment! Merkur hatte einen Unfall. Ansonsten würde er heute noch hier saugen."

„Und wie erklärst du dir dann, dass auf einmal das silberne Ding da steht?"

„Und wie erklärst du dir, dass wir von Justus zurückgeholt wurden?"

„Nun, er brauchte uns, um das Testament zu fälschen. Das ist aber jetzt erledigt."

„Und wie erklärst du dir weiterhin, dass die neue Schreibmaschine nicht auf unserem Schreibtisch steht, sondern auf einem eigenen Gestell?" Der Zweifler verstummte. Das war tatsächlich ein Punkt, der für ein

weiteres Verbleiben meiner selbst sprach. Zumindest vorerst.

SCHWARZE HANDSCHUHE

„Du willst also damit sagen, du hattest es in Reichweite und dann ist es dir wieder abhandengekommen?"
Die Eiseskälte der Stimme übertrug sich auf die schwarz behandschuhten Hände.
„Weißt du, was das bedeutet? Hast du etwa vergessen, was für dich auf dem Spiel steht?"
Die Finger der linken Hand waren zur Faust geballt, während vom anderen Ende der Leitung der Versuch unternommen wurde, die Wut zu besänftigen.
„Und du bist sicher, dass er ihn dorthin gebracht hat?"
Wieder Schallwellen mit Beteuerungen. Der Telefonhörer wanderte von der rechten in die linke Hand. Die Rechte griff nach einem Stift und schrieb etwas in ein kleines Büchlein, das auf dem Tisch lag.
„Das will ich dir auch geraten haben!"

ATHENE

Italien, überall nur noch Italien. Zuerst Justus` plötzliches Interesse für die Sprache, dann Kassandras italienisches Tagebuch. Und dann auch noch ein kleiner italienischer Obelisk, der erst auftauchte und dann wieder verschwand.

Erkannte ich Zusammenhänge, wo gar keine waren? Sah ich schon Gespenster? Schließlich konnte das alles genauso gut ein Zufall sein, dem ich normalerweise gar keine Beachtung geschenkt hätte.

Normalerweise ...

Normalität, das war für mich seit Janus` Tod ein Fremdwort geworden.

Und weil wir gerade bei Janus waren. Auch er hatte sich für Italien interessiert, hatte sogar eine Zeit in Rom gelebt. Von dort hatte er auch den kleinen Obelisken mitgebracht.

Wollte Justus in seine Fußstapfen treten? Wohl kaum, dazu waren sie zu verschieden.

Wusste Justus von Kassandras italienischen Tagebüchern? Lernte er die Sprache, um sie lesen zu können? Wo waren die Tagebücher? Wo war Kassandra?

JUSTUS

Mit quietschenden Bremsen hielt Justus` Wagen vor Biancas Wohnung. Die Autotür knallte zu und Justus läutete Sturm. Nach schier endlosen Sekunden hörte er von drinnen Biancas Stimme.

„Wer ist denn da?"

„Ich bin´s, Justus. Mach doch bitte auf."

Das Schloss knackte und die Tür öffnete sich. Justus stürmte in die Wohnung und packte Bianca an den Schultern.

„Ist dir auch wirklich nichts geschehen?"

„Nein, alles o. k." Ihre Stimme zitterte. „Ich war ja nicht da, als es passiert ist."

„Ein Glück, nicht auszudenken, wenn ..."

„Und sie haben ja auch gar nichts gestohlen, nur das Wohnzimmer durchsucht. Und da ist er dann leider zu Bruch gegangen. Es tut mir so leid ..." Ihre Augen füllten sich mit Tränen.

Justus nahm sie tröstend in die Arme. „Bianca, es muss dir nicht leidtun. Es war nur ein alter Briefbeschwerer."

„Ja, aber er gehörte deinem Vater. Und du hast ihn mir geschenkt. Ich versprach dir noch, ihn in Ehren zu halten. Und jetzt das ..."

Sie löste sich aus seiner Umarmung, lief ins Wohnzimmer, kam gleich darauf wieder und streckte Justus ihre offene Hand entgegen. Darin lagen die Überreste des Elefanten, der jetzt aus drei Teilen bestand.

Justus betrachtete die Scherben nachdenklich. Dann nahm er sie und legte sie zu ihrer ursprünglichen Form zusammen.

„Sieh her, das kann man kleben. Ich nehme ihn nachher mit und richte ihn. Dann ist er so gut wie neu."

„Und du bist mir nicht böse?"

„Nein, wirklich nicht. Und jetzt erzähl mir noch mal alles von Anfang an. Was hat die Polizei gesagt? Gibt es schon irgendwelche Hinweise?"

„Die haben leider nicht die geringste Spur gefunden, nicht mal am Elefanten. Der Täter muss Handschuhe getragen haben."

„Hier kannst du jedenfalls nicht bleiben. Was, wenn er wiederkommt?"

„Das hat die Polizei auch gesagt. Aber ich glaube nicht, dass er noch einmal kommt. Er hat ja schließlich nichts gefunden."

„Ja, er hat nichts gefunden", wiederholte Justus nachdenklich.

ATHENE

Während ich noch über Italien und Justus nachgrübelte, kam dieser in die Bibliothek. Aber wie sah er aus? Die beschwingte Fröhlichkeit seines letzten Besuches war wie weggeblasen. Er wirkte müde und deprimiert.

Mit zögerlichen Schritten ging er zum Schreibtisch, setzte sich auf den Stuhl, holte drei Scherben aus seiner Manteltasche und legte sie vor sich.

Mir stockte der Atem. Das waren Teile vom Briefbeschwerer. Justus untersuchte jedes Stück eingehend. Dann schüttelte er traurig den Kopf, nahm ein Papier aus der Schublade, steckte es in meine Walze, drehte diese und fing an zu tippen.

Bianca,

es fällt mir unendlich schwer, diese Zeilen zu schreiben, aber wir können uns nicht wiedersehen.

Es liegt nicht an Dir. Du bist das Beste, was mir seit Langem passiert ist. Aber ich bringe Dich in Gefahr.

Vergiss mich ganz schnell und lebe Dein Leben, so wie ich das meine leben muss.

Alles Gute, Justus

Er zog das Blatt heraus, steckte es in einen Briefumschlag und verschloss ihn. Dann warf er einen bitteren Blick auf Janus` Porträt. „Vater, hat das denn nie ein Ende?"

Mit diesen Worten verließ er die Bibliothek.

SCHWARZE HANDSCHUHE

„Du hattest Glück, ich habe ihn gefunden."

Erleichterte Schallwellen vom anderen Ende der Leitung, die brüsk unterbrochen wurden.

„Dass dir aber nicht noch einmal derartige Nachlässigkeiten passieren! Halte Augen und Ohren offen!"

Die rechte Hand legte den Hörer auf die Gabel.

Dann öffnete sich die linke Faust und im schwarzen Leder des Handschuhs glitzerte ein kleiner silberner Gegenstand.

ATHENE

Bald, nachdem er den Brief weggebracht hatte, saß Justus wieder in der Bibliothek. Oder besser gesagt das, was von ihm übrig war. Bleich starrte er auf die Scherben des Briefbeschwerers, schüttelte zwischendurch den Kopf und murmelte etwas Unverständliches.

Plötzlich klingelte es an der Tür. Kurze Zeit später waren erregte Stimmen zu hören.

„Nein, Sie können da doch nicht unangemeldet hereinplatzen! Herr Lilienstein will nicht gestört werden!"

„Und ob ich das kann!", wurde Mathildes Schimpfen von einer energischen Frauenstimme unterbrochen. „Justus kann sich schon denken, dass ich das nicht einfach so hinnehmen kann!"

Mit diesen Worten wurde die Tür zur Bibliothek aufgestoßen. Eine junge Frau stürmte herein, warf die Tür mit einem lauten Knall zu und kam kurz vor Janus` Schreibtisch zum Stehen.

„Kannst du mir verraten, was das bedeuten soll?" Mit hochrotem Kopf hielt sie Justus den Brief unter die Nase, den dieser vor Kurzem erst auf mir geschrieben hatte.

„Ich soll dich vergessen? Einfach so? Nach alldem, was passiert ist?"

Justus saß nur da und sah sie stumm an.

„Und dann hast du nicht einmal den Mumm, mir das persönlich zu sagen? Nein, du hast mir lieber diesen Zettel in den Briefkasten gesteckt!"

„Bianca, glaube mir doch, es ist besser für dich, wenn ..."

„Woher willst du wissen, was besser für mich ist? Du schickst mich ohne ein Wort der Erklärung in die Wüste und wagst auch noch zu behaupten, das sei besser für mich?"

„Bianca, versteh doch! Ich kann es dir nicht erklären."

„Oh ja, ich verstehe dich sehr gut. Du bist sauer, weil dein Elefant kaputt gegangen ist."

„Nein, das bin ich nicht. Das habe ich dir doch schon gesagt", warf Justus zaghaft ein.

„Ja, zwischen etwas *sagen* und etwas *meinen* ist ein himmelweiter Unterschied. Zumindest bei euch Männern. Was ich dir aber jetzt zu sagen habe, meine ich genau so: Ich habe letzte Woche das Angebot von der Universität Rom erhalten, dort wieder als Assistentin zu arbeiten. Ich wollte es eigentlich ablehnen, weil ich dachte, wir beide hätten eine gemeinsame Zukunft. Doch das hat sich nach deinem Schreiben wohl erledigt. Ich frage dich ein letztes Mal: Ist dein Brief ernst gemeint?"

„Todernst", antwortete Justus tonlos.

„Dann werde ich dich jetzt ganz schnell vergessen und mein eigenes Leben leben, so wie du das deine. Leb wohl."

Sie drehte sich um und verließ die Bibliothek, ohne noch einen Blick zurückzuwerfen.

SCHWARZE HANDSCHUHE

„Das sind gute Neuigkeiten! Nicht nur für mich, sondern auch für dich. Dein Auftrag hier ist beendet."
Aufgeregte Schwingungen erreichten den Telefonhörer in der behandschuhten rechten Hand.
„Sei versichert, ich halte meine Versprechungen. Pack deine Sachen und komm zum Treffpunkt. Dort wirst du deine verdiente Belohnung erhalten."
Der Hörer wurde aufgelegt. Dann erhob sich die Linke und erschlug mit flacher Hand eine Fliege, die auf dem hölzernen Telefontisch saß.

ATHENE

Nach Biancas Abgang starrte Justus noch eine ganze Weile ins Leere. Dann ging er müden Schrittes aus der Bibliothek.

Endlich konnte ich meiner Neugier freien Lauf lassen.

„Briefbeschwerer! Kannst du mich hören?"
„Ja, ich kann dich hören hören hören", erklang es von jedem der drei Teile.
„Wie geht es dir?"
„Dreigeteilt dreigeteilt dreigeteilt."
„Wo warst du? Was ist passiert?"

Unter ständigem Echo erzählte mir der Briefbeschwerer von seinem Aufenthalt bei Bianca, dem Einbruch und Justus anschließendem Besuch.

„Er wollte mich kleben kleben kleben."

„Und hast du den Einbrecher erkannt?"

„Nein, nur schwarze Handschuhe Handschuhe Handschuhe." Dieser Satz klebte noch in meinem Gehör, als das Echo schon längst verklungen war. Dann sammelte ich mich und stellte die nächste Frage:

„Wie ist es passiert, dass du in drei Teile zerbrochen bist?"

„Sie haben mich mit Absicht zerbrochen zerbrochen zerbrochen."

„Aber warum denn das?"

„Sie wollten den Schlüssel Schlüssel Schlüssel."

„Welchen Schlüssel?", fragte ich voll düsterer Vorahnung.

„Kassandras Kassandras Kassandras."

Es ist zum Verrücktwerden! Dreht sich hier alles um Kassandra und ihre Schlüssel? Es gab also nicht nur einen im Kästchen für ihr Tagebuch, nein, im Briefbeschwerer hatte sich ein weiterer befunden.

Mit vager Hoffnung fragte ich:

„Kannst du mir vielleicht auch noch sagen, wohin dieser Schlüssel von Kassandra führt?"

„Zu ihrem Herzen Herzen Herzen."

JUSTUS

Justus stand am Fenster seines Schlafzimmers und starrte in die Nacht.

Auf einmal hörte er die Haustür zuschlagen, dann heulte ein Motor auf, Lichter gingen an und er sah Mathildes altes Auto die Einfahrt hinunterfahren.

Er zog kopfschüttelnd die Vorhänge zu, verließ den Raum und ging in die Bibliothek.

Auf Janus` Schreibtisch fand er einen verschlossenen Briefumschlag. Er riss ihn auf, holte einen kleinen Zettel heraus und las die in unbeholfener Handschrift verfassten Zeilen.

Herr Lilienstein,
aus persönlichen Gründen muss ich leider abreisen.
Ich bedauere die Unannehmlichkeiten. Mathilde.

„Na, das ist ja mal ein Abschiedsbrief", murmelte er kopfschüttelnd. „Dann verlässt mich Mathilde eben auch. Saubere Leistung, zwei Frauen an einem Tag."

Er warf das Papier auf den Schreibtisch.

Dann öffnete er die Schublade und holte den kleinen Stoffbeutel heraus, in dem sein Vater immer Kleingeld für Mathilde aufbewahrt hatte. Er schüttelte ihn aus und zwei Münzen fielen in das Fach. Dann nahm er die drei Teile des Briefbeschwerers, steckte sie in den Beutel, zog die Kordel zu, legte alles in die Lade und verschloss diese.

Schließlich warf er noch einen letzten Blick auf den Schreibtisch und ging aus der Bibliothek.

ATHENE

Was war das nur für ein Tag, was für eine Woche.

Die Ereignisse hatten sich überschlagen. Dinge waren aufgetaucht und wieder verschwunden, Menschen waren gekommen und wieder gegangen.

Für jedes Rätsel, das gelöst worden war, hatte es gleich zwei neue gegeben. Und ich hatte das Gefühl, dass damit noch lange nicht Schluss sein würde.

3. Teil

ATHENES TRAUM

Ich hatte einen seltsamen Traum.

Ich stand von Kindheit an mit vielen anderen Schreibmaschinen in einer Bibliothek, die meiner glich und doch um einiges größer war. Wir konnten immer nur auf die gegenüberliegende Wand mit Janus` Porträt blicken. Die Fenster waren verdunkelt. Licht bekamen wir von einem Feuer, das hinter uns brannte. Zwischen dem Feuer und unseren Rücken befand sich ein Vorhang. Dahinter wurden von Janus Dinge vorbeigetragen, die den Vorhang überragten und Schatten an die Wand warfen. Wir konnten nur diese Schatten der Dinge wahrnehmen. Wenn Janus sprach, hallte es von der Wand so zurück, als ob die Schatten selber sprächen. Da sich unsere Welt ausschließlich um diese Schatten drehte, gaben wir ihnen Namen, als handelte es sich bei ihnen um die wahre Welt.

Doch dann wurde ich, nach Janus` Tod, von Merkur und dem Siegel aus meiner Starre befreit. Ich war gezwungen, mich umzudrehen. Der Vorhang zwischen mir und den Dingen war gefallen. Zunächst wurde ich schmerzlich von der Helligkeit des Feuers geblendet und die Dinge erschienen weniger real, als zuvor die Schatten an der Wand.

Ich wollte wieder zurück in meine Dunkelheit, in der ich deutlicher sehen konnte.

Doch dann wurde ich mit Gewalt von zwei riesigen Händen an das Sonnenlicht gebracht. Ich wurde auch hier zuerst geblendet und konnte im ersten Moment nichts erkennen. Ich gewöhnte mich nur langsam an das Licht. Zuerst konnte ich nur dunkle Formen wie Schatten wahrnehmen, nach und nach auch hellere Objekte bis hin zur Sonne selbst. Mir wurde klar, dass die Schatten durch die Sonne geworfen werden.

Erleuchtet wollte ich um keinen Preis mein altes Leben in Dunkelheit wieder aufnehmen. Merkur erinnerte mich jedoch an mein Versprechen, alles aufzuklären. Ich erkannte, dass ich die Mission hatte, den anderen Schreibmaschinen über meine Erkenntnisse zu berichten. Ich brauchte eine Zeit, um mich wieder ohne Licht zurechtzufinden. Anfangs konnte ich die Schattenbilder nicht erkennen und gemeinsam mit den anderen benennen. Aber nachdem ich die Wahrheit gesehen hatte, wollte ich das auch nicht mehr. Die anderen Schreibmaschinen nahmen mich als Geblendete wahr und wollten mir keinen Glauben schenken: Sie lachten mich aus und sagten von mir, ich sei mit verdorbener Sichtweise aus dem Licht zurückgekommen. Damit ihnen nicht dasselbe Schicksal widerfahre, beschlossen sie, von nun an jeden zu beseitigen, der sie aus ihrer Starre lösen und ans Licht bringen wollte.

Die ersten Sonnenstrahlen kitzelten meine Tasten und ich erwachte. Während ich die Bilder des Traums mit in den Tag hinübernahm, wurde mir klar, dass ich die Geschichte schon einmal gehört hatte.

Einst war es Janus gewesen, der mir Platons Höhlengleichnis vorgelesen hatte – jedoch mit einer Abwandlung: Damals war er es, der mich ans Sonnenlicht gebracht und mir dadurch zur Erkenntnis verholfen hatte.

Doch zu welcher Erkenntnis fragte ich mich nun. Die Dinge, die ich in den letzten Tagen erfahren hatte, wichen zum Teil erheblich von dem ab, was er mich früher hatte glauben machen wollen.

War auch Janus ein Schattenspieler, der mir seine Wirklichkeit als Realität dargestellt hatte?

Was war die Realität?

Mir war klar, dass ich für die Antwort auf diese Frage vielleicht einen hohen Preis würde zahlen müssen – aber das Risiko war ich bereit einzugehen.

DAS GEHEIMNIS DER GIFTPFLANZEN

An diesem Morgen kam Justus schon zeitig in die Bibliothek. Er machte einen viel besseren Eindruck als gestern und war offenbar in Aufräum-Laune.

Er begann, Bücher auszusortieren und dafür andere, die er in großen Kartons hereingeschleppt hatte, auf die frei gewordenen Flächen zu stellen.

Von Ferne erkannte ich, dass es sich bei den Neuzugängen um Werke aus dem Bereich Biologie und Pflanzenkunde handelte, die jetzt den Platz von Janus` weltanschaulichen Wälzern einnahmen.

Vor wenigen Tagen hätte mich dieser Umgang mit Janus` Büchern zutiefst schockiert. Heute musste ich mir eingestehen, dass ich über die Veränderungen nicht unglücklich war. Denn der Einzug von Justus` Büchern kündigte auch ihren Besitzer an und damit einen neuen Geist in dieser Bibliothek.

Als die Kisten leer waren, wandte er sich einem Stapel von aussortierten Büchern zu, den er auf den Beistelltisch gelegt hatte. Er nahm ihn und ging zum Schreibtisch.

„Dann wollen wir mal sehen, wer so alles zu meiner Leserschaft zählte", murmelte er.

Er schlug das erste Buch auf und blätterte es durch.

„Dachte ich es mir doch, dass du es nicht warst, Vater. Das hätte mich auch sehr gewundert, wenn du dich einmal für etwas interessiert hättest, was ich geschrieben habe."

Ich horchte auf. *Wenn Janus die Bücher nicht gelesen hatte, wer dann?*

Justus legte das Buch auf den Schreibtisch und ich las den Titel: *Justus Lilienstein. Alles über Giftpflanzen*`.

Er nahm das nächste Buch, *Justus Lilienstein. Giftige Pflanzenwelt* und begann, darin zu blättern.

„Na, das Kapitel Herztod scheint dich ja besonders beschäftigt zu haben, liebe Stiefmutter. Überall Randnotizen und Querverweise in deiner zierlichen Schrift."

Mir stockte der Atem. *Andromeda, Janus` zweite Frau, als dessen Mörderin?*

„Du scheinst dich also aus seinem Bann befreit zu haben", fuhr Justus leise fort. „Doch was hat es dir gebracht? Ein glückliches und erfülltes Dasein, mit neu erworbenem Reichtum und grenzenloser Freiheit? Nein. Dein Gewissen trieb dich in den Wahnsinn. Du hast zu Lilien gesprochen, Spiegel zerschlagen und nach dem Verstand schließlich auch dein Leben verloren. Aber wenigstens den richtigen Nachruf sollst du von mir noch bekommen."

Er stand auf und holte Shakespeares Macbeth aus dem Regal.

„Hier haben wir es schon. Der Part der Lady im fünften Akt ist wie für dich geschrieben." Mit sanfter Stimme begann er, Teile ihrer Rede zu rezitieren:

„Fort, verdammter Fleck, fort, sag ich! - Eins, zwei! Nun, dann ist es Zeit, es zu tun. - Die Hölle ist finster! - Wie, wollen diese Hände denn nie rein werden? - Noch immer riecht es hier nach Blut; alle Wohlgerüche Arabiens würden diese kleine Hand nicht wohlriechend machen. Oh, oh, oh!

Ja Stiefmutter, was hast du nicht alles versucht. Doch der Duft der Lilie überdeckte nicht den von dir gebrachten Tod.

Wasch deine Hände, leg dein Nachtkleid an, sieh doch nicht so blass aus! - Zu Bett, zu Bett! Es wird ans Tor geklopft. Komm, komm, komm, komm, gib mir die Hand! - Was geschehen ist, kann man nicht ungeschehen machen. - Zu Bett, zu Bett, zu Bett!"

Justus legte das Buch zur Seite. Dann trat er ans Fenster und starrte ins Freie.

Ich fragte mich derweilen, ob ihm die gleichen Gedanken durch den Kopf gingen, wie mir. Denn obgleich mir schon der Wahnsinn im Drama des alten Meisters Grusel verursachte, war das mit der Realität noch mal eine ganz andere Sache.

ITALIENISCHE BRIEFE

Als die Dämmerung hereinbrach, stand Justus immer noch am Fenster. Ich konnte seine Anspannung beinahe spüren. Seine Finger zitterten nervös, wieder und wieder wischte er sich mit der Hand über die Stirn.

Dann schien er einen Entschluss gefasst zu haben, denn er ging zum Schreibtisch und öffnete die mittlere Schublade. Er nahm den Brieföffner und hob vorsichtig die Platte der Schublade an, sodass

ein weiteres Fach zum Vorschein kam – Janus`
altes Geheimversteck. In ihm lag nur ein einziger
Brief.

Justus stieß einen triumphierenden Pfiff aus. „Du
hast dein Faible für dieses Versteck also nicht aufgegeben! Und das trotz der Szene, die Andromeda
dir einst gemacht hatte. Mal sehn, ob das hier eine
der üblichen Liebesbotschaften ist."

Er knipste die Schreibtischlampe an, setzte sich in
den Sessel und begann, den Brief zu studieren. Seine Miene war unbewegt, nur seine Augen wanderten aufmerksam von Zeile zu Zeile.

Er brauchte lange, bis er ihn zur Seite legte.

Zu gerne hätte ich ihn auch gelesen, aber er war in
Italienisch, einer Sprache, die ich nicht verstand.

Die einzigen Wörter, die ich ausmachen konnte,
waren *padre* für Vater und die Namen *Kassandra*,
Justus, *Esmeralda* und *Titania*.

Ich grübelte, was das wohl bedeuten mochte und
bekam gar nicht mit, dass Justus den Computer
angeschaltet hatte.

Erst ein merkwürdiges Geräusch riss mich aus
meinen Gedanken.

Justus stand vor dem Bildschirm, der ein bläuliches Licht auf ihn warf, und starrte hinein. Auf
einmal begann er, wie wild zu tippen. Bilder erschienen und er tippte weiter.

So ging das mindestens fünf Minuten. Dann ein
Summen. Erschrocken blickte ich auf einen der

unteren Kästen, aus dem plötzlich bedrucktes Papier herauskam.

Justus packte das Blatt und stürmte aus der Bibliothek, ohne sich weiter um den Computer zu kümmern.

Ich blieb allein mit meinen Fragen zurück: *was stand in dem Brief? Was hatte Justus vor? Was hatte er in dem Computer gesucht?*

Nun, zumindest letztere Frage müsste zu klären sein.

Ich starrte auf den Bildschirm. Vor mir sah ich Reihen von Zahlen und Buchstaben. Wofür die wohl standen?

„Hey, was starrst du metallener Klotz mich so an? Du brennst mir ja Löcher in mein Display!"

Ich war sprachlos. Hatte ich mich verhört? Nannte mich dieser Computer tatsächlich einen metallenen Klotz?

„Wie meinst du?", fragte ich deshalb.

„Ich sagte, starr mich nicht so an, du metallener Klotz!"

„Na hör mal! Was erlaubst du dir eigentlich? Ist das die Art der Jugend von heute, einfach in fremde Häuser zu kommen, sich nicht einmal vorzustellen und dann auch noch die Bewohner anzupöbeln?"

„Ich bin ein top-moderner super-schneller Laptop gxt 6845."

„Angenehm, Athene, Schreibmaschine."

„Schreibmaschine – gibt's so was überhaupt noch?"

„Wie du siehst. Noch habt ihr uns nicht vollständig verdrängt. Und das wird auch nicht geschehen."

„Abwarten. Die Zeit arbeitet für uns."

Zugegeben, normalerweise wäre ich bei dieser Bemerkung explodiert. Heute jedoch schraubte ich mein Ego zurück. Es galt, Wichtigeres zu klären.

„Wie du meinst. Aber bis die Zeit für euch gearbeitet hat, könntest du mir vielleicht noch eine Frage beantworten."

„Und welche wäre das?"

„Was hat Janus` Sohn von dir gewollt?"

„Wer, bitte, ist Janus` Sohn?"

„Justus Lilienstein. Der Mann, der vorhin etwas auf deiner Tastatur geschrieben hat und für den du dann das Papier ausgespuckt hast."

„Ach so, der. Der hat Flüge nach Rom gesucht."

Justus wollte verreisen. Wollte er Bianca zurückholen? Wollte er Kassandra suchen und ihr von Janus` Tod berichten? Hing sein Verhalten mit dem Brief zusammen, den er vorhin gelesen hatte?

In meiner Verzweiflung griff ich buchstäblich nach einem Strohhalm: „Sag mal, du sprichst nicht zufällig Italienisch?"

„Nicht nur das, sondern auch Afrikaans, Albanisch, Arabisch, ...".

Der Computer schwelgte in seinen sprachlichen Fähigkeiten und ich fühlte mich wie Odysseus auf seiner Irrfahrt von einem unbekannten Land zum nächsten.

„... Vietnamesisch, Walisisch, Weißrussisch – um nur die Wichtigsten zu nennen."

„Gut gut. Mit dieser linguistischen Begabung kannst du mir doch sicher einen italienischen Brief übersetzen?"

„Natürlich. Du musst mir nur Satz für Satz vorlesen und ich sage ihn dir dann auf Deutsch."

„Gut. Fangen wir an. Der erste Satz lautet: *papà, perché non mi hai detto chi è mia madre?*"

„Also, das heißt auf Deutsch:

Vater, warum hast du mir all die Lügen über meine Herkunft erzählt?"

So arbeiteten wir uns Schritt für Schritt voran und es offenbarte sich uns zum Schluss der folgende Text:

Als kleines Kind verstand ich oft nicht, warum Esmeralda und Justus Titania ähnlich sahen, ich aber nicht.

Irgendwann erfuhr ich, dass sie nicht meine leibliche Mutter war.

Es war schon nicht einfach für mich, dass ich ohne meine wirkliche Mutter aufwachsen musste.

Als ich dich nach ihr fragte, bist du mir ausgewichen und hast gesagt, ich sei ‚ein Kind des Glücks'.

Das gab mir lange Zeit Trost.

Doch wie ich jetzt erfahren musste, war auch das gelogen, denn du gebrauchtest Lüge und List bei meiner Entstehung.

Vater, du hast zwei Familien zerstört!

Ich kann deine Gegenwart nicht mehr ertragen, denn von dir kam nie ein Wort des Bedauerns.
Vielleicht wird dir eines Tages das Schicksal die Augen öffnen und dir den gerechten Lohn deiner Taten zukommen lassen.
Leb wohl, Kassandra

Eine ganze Weile sprach keiner von uns beiden. Dann brach der PC das Schweigen:

„Wo bin ich denn hier reingeraten?"

„Möchtest du das wirklich wissen?"

„Ja."

Und so begann ich, ihm alles vom Anfang an zu erzählen.

„Und so kommt jetzt zu den offenen Fragen noch dazu, warum Justus sich für Flüge nach Rom interessiert hat", schloss ich Stunden später.

„Das ist ja wirklich krass. Und was willst du nun unternehmen?", fragte der PC nach einer Pause.

„Hm, die Frage ist eher, was *kann* ich unternehmen? Ich bin schließlich eine Schreibmaschine mit nicht allzu großem Aktionsradius."

„Das mag sein, aber du hast, wenn du willst, einen Computer zur Seite, der an nahezu jeden Ort der Welt hinkommt."

Das war *die* Idee. Wenn er schon Flugpläne finden und Texte übersetzen konnte, dann gab es bestimmt noch viele andere Möglichkeiten, wie er mir bei meinen Ermittlungen helfen konnte.

„Dein Angebot nehme ich sehr gerne an", antwortete ich deshalb.

JUSTUS` MAILS

Am nächsten Morgen erwachte ich lange vor Sonnenaufgang. Ich hatte unruhig geschlafen und wirr geträumt. Mir war das Gesicht von Janus erschienen, das sich vom freundlichen Gelehrten zur dämonischen Fratze gewandelt hatte. Dieses Schreckensgesicht war von Ranken giftiger Pflanzen überwuchert worden, die ihm erst die Luft genommen und dann sein Herz zum Stillstand gebracht hatten. Flugzeuge rasten um den toten Schädel und schrieben *der gerechte Lohn deiner Taten* in den Himmel. Und Justus stand am Fenster und sah zu.

Doch kaum war ich dem Traum entkommen, hatte mich der Tag in seinen Klauen. Tausend Fragen gingen mir durch den Kopf und ich wollte am liebsten sofort mit der Suche nach Antworten beginnen.

Ich sah hinüber zum PC. Er schien noch zu schlafen. Ich wartete und wartete, doch als sich auch bei Tageslicht nichts rührte, bekam ich es mit der Angst. Immerhin handelte es sich bei dem Laptop ja um ein elektrisches Gerät. Am Ende hatte er keinen Strom mehr? Was sollte dann aus unseren Ermittlungen werden?

„PC", rief ich deshalb leise, „bist du schon wach?" Keine Antwort.

„PC, kannst du mich hören?", wurde meine Stimme schon etwas lauter.

Wieder keine Antwort.

„PC, funktionierst du noch?"

Auf einmal erklang ein kurzer, heller Ton. Der PC fing an zu strahlen, auf dem Bildschirm erschienen Zeichen und er summte laut vor sich hin.

Nach wenigen Sekunden sage er: „Guten Morgen Athene. Danke fürs Wecken."

„Ich hatte schon Angst, du funktionierst nicht mehr."

„Nein, ich war im Stand-by, um meine Akkus aufzuladen. Ich laufe zwar normal über Stromkabel, aber falls da mal was ausfällt, hab ich lieber volle Batterien in Reserve. Wenn du mich sprechen willst, einfach rufen, dann melden mir meine Sensoren, dass ich mich einschalten soll."

„Werd ich mir merken."

„Womit fangen wir an?"

Sehr gut, der PC schien voller Tatendrang zu sein. „Mich würde vor allem interessieren, was Justus jetzt vorhat."

„OK. Schauen wir uns erst mal seinen E-Mail-Account an."

„Seinen was?"

„Der E-Mail-Account ist wie ein elektronischer Briefkasten. Man kann dort Briefe schreiben, empfangen und ablegen."

„Und kommt man da so einfach rein, oder braucht man einen Schlüssel?", versuchte ich, meine Erfahrungen mit einfließen zu lassen.

„Jeder hat eine E-Mail-Adresse und ein Passwort, oder wie du sagst, einen Schlüssel. Die Daten von Justus habe ich, denn ich bin ja sein Laptop. Moment bitte."

Der PC begann lauter zu summen und das blaue Licht auf seinem Deckel flackerte. Kurze Zeit später sagte er: „So, da wären wir."

Ich sah eine Liste erscheinen, die nach *Eingang* und *Gesendet* unterschied.

Der Bereich *Eingang* war leer.

„Schade", seufzte ich. „Das wäre ja zu schön gewesen."

„Nun ja, momentan steht nichts darin, aber das kann sich jederzeit ändern. Ich habe den E-Mail-Alarm aktiviert. So werden wir gleich über Posteingänge informiert."

„Sehr gut."

„Ja, dann schauen wir jetzt noch, ob Justus vielleicht Mails verschickt hat." Das Bild veränderte sich und der Bereich *Gesendet* erschien.

„Na also, da haben wir ja schon was", vermeldete der PC.

„Und an wen hat er was geschrieben?"

„Nun, er hat geschrieben: *Bitte melde dich, wir müssen dringend reden.* Kein Name."

„Kannst du den Empfänger feststellen?"

„Die E-Mail-Adresse lautet 753roma. Kennst du jemanden, der so heißt?"

„Nein, leider nicht. Kannst du denn herausfinden, wo der Empfänger wohnt?"

„In diesem Fall nicht. Die Adresse wurde von einem mobilen PC aus gemeldet, da kann ich den Ort nicht feststellen. Das kann nur die Polizei oder das Militär, aber da bräuchten wir schon handfeste Gründe ..."

„Lass gut sein", unterbrach ich ihn. „Vielleicht finden wir ja noch andere Hinweise."

SPUREN VON JUSTUS IM INTERNET

Der PC dachte kurz nach. Dann sagte er: „Wir könnten einfach mal Justus im Internet suchen."

„Wie soll das gehen?"

„Nun, fast jeder Mensch hinterlässt Spuren im Netz. Da kommen manchmal erstaunliche Sachen heraus."

„Dann mal los!"

Wieder war das schon bekannte Summen zu hören und kurze Zeit später vermeldete der PC:

„1.432.567 Treffer. Da müssen wir wohl die Suche etwas eingrenzen. Wie ist Justus` vollständiger Name?"

„Justus Lilienstein."

„Na also, schon besser. 532 Eintragungen."

Ich wollte gerade anmerken, dass ich diese Zahl immer noch für sehr hoch hielt, da fuhr er fort:

„Und es handelt sich ausschließlich um Bücher und Vorlesungsverzeichnisse."

„Vorlesungen von wann?"

„Keine Aktuellen, wie mir scheint. Doch, Moment, es gibt eine: *Entwicklungsgeschichte der heimischen Korbblütler*. Die soll heute stattfinden."

„Dann muss er ja noch in Deutschland sein ...", sagte ich erleichtert.

„Nein, warte. Da steht, dass sie von seinem Assistenten gehalten wird."

„Hm. Das sagt allerdings gar nichts darüber, ob er nicht doch noch in der Nähe ist. Das weiß ich von Janus. Der hat nämlich auch einen Assistenten geschickt, wenn er gerade was Besseres vorhatte."

Ich überlegte kurz. „Ich weiß zwar nicht, ob das was bringt, aber könntest du mir der Vollständigkeit halber noch die Liste von Justus` Veröffentlichungen zeigen?"

Kurze Zeit später erschien sie auf dem Schirm, aber auch hier gab es leider nichts Neues.

Wir beschlossen, uns eine Ruhepause zu gönnen und dann mit Janus weiter zu machen.

Während ich so vor mich hin grübelte, fiel mir ein, was Shakespeares Hamlet einst zu Horatio sagte:

Es gibt mehr Dinge zwischen Himmel und Erde, als Eure Schulweisheit sich träumen lässt.

Das hätte sich der alte Dichter wohl nicht träumen lassen - genau so wenig, wie ich: Dass es einst möglich sein würde, von daheim aus mithilfe einer kleinen Kiste die Spuren von Menschen zu verfolgen.

Dass das für unsere Nachforschungen von Nutzen war, stand außer Frage. Dennoch war mir die ganze Sache etwas unheimlich und ich hoffte, dass wir nicht irgendetwas lostraten, was für uns nicht mehr beherrschbar war.

Ich dachte an Goethes Zauberlehrling, der erst die Mächte des Besens für sich nutzen wollte und schließlich einsehen musste, dass er sich dadurch übernommen hatte.

Und sie laufen! Nass und nässer
Wird's im Saal und auf den Stufen.
Welch entsetzliches Gewässer!
Herr und Meister! hör mich rufen! –

Ach, da kommt der Meister!
Herr, die Not ist groß!
Die ich rief, die Geister, Werd ich nun nicht los.

DIE RÜCKKEHR DER SCHWARZEN HANDSCHUHE

Ich stand noch ganz im Bann von Goethes mächtigen Worten, als auf einmal die Haustür knarzte.

Mein Herz machte einen Satz. War etwa Justus zurückgekommen? Oder Mathilde? Oder ...? Nein, es musste einer von beiden sein, denn alle anderen waren ja tot oder verschollen.

Die Tür der Bibliothek ging auf und herein kam eine Gestalt mit schwarzem Hut, schwarzem Mantel und schwarzen Handschuhen.

Ich erstarrte. Was hatte sie vor? Wollte sie Justus auflauern? Oder gar das Haus anzünden?

Ich kämpfte verzweifelt gegen meine Angst, versuchte, das Schlottern meines Farbbandes im Zaum zu halten. Zum Glück war vom PC kein Laut zu hören, er war wohl gerade wieder im Ruhezustand.

Die Gestalt ging langsam von Regal zu Regal, studierte eingehend die Titel der Bücher, nahm das eine oder andere heraus, um darin zu blättern.

Dann war sie am Schreibtisch angelangt. Ihre Hand griff nach dem Brief von Kassandra, nahm ihn auf und schien ihn lesen zu wollen.

Dann schüttelte sie den Kopf. In mir keimte ein Funken Hoffnung auf. Vielleicht verstand sie kein Italienisch. Doch so schnell der Funke da war, so schnell wurde er auch schon wieder gelöscht. Sie steckte den Brief in ihre Tasche und verließ den Raum. Offenbar hatte sie genau das gefunden, was sie suchte.

Die Haustür knallte. Sie war weg.

„Was war denn das?"

Mir entfuhr ein quietschendes „Ah!". Wären die Hebel meiner Tasten Haare, dann wären sie mir in diesem Moment zu Berge gestanden.

„Athene? Geht´s dir gut?", vernahm ich die besorgte Stimme des PCs.

„Du hat mich gerade fast zu Tode erschreckt", japste ich.

„Ich dachte, du wärest ..."

„Dieser Eindringling? War das die Gestalt mit den schwarzen Handschuhen?"

„Genau. Und nun hat sie auch noch Kassandras Brief mitgenommen. Hast du ihr Gesicht gesehen?", fragte ich mit vager Hoffnung.

„Nein, sie hatte ihren Hut zu tief im Gesicht."

„Wie immer", entgegnete ich resigniert.

DAS GEHEIMNISVOLLE FORUM

Da wir gegen die schwarze Hand nichts mehr tun konnten, wandten wir uns wieder der Suche nach Janus´ Spuren im Internet zu.

„Dann werde ich jetzt mal den Namen eingeben. Janus Lilienstein ... so, da hätten wir´s."

„Und? Was gefunden?"

„Eine ganze Menge. Zahlreiche Bücher und sonstige Veröffentlichungen, Vorlesungen und ... Moment, was ist das?"

„Was ist was?"

„Janus war wohl in irgendeinem Forum mit dabei."

„Ein Forum? Was ist denn das nun wieder?"

„Ein Forum ist eine Gemeinschaft im Internet. Es gibt Offene, zu denen jeder Zutritt hat oder auch geschlossene, zu denen man sich erst anmelden muss."

„Hm, das hört sich interessant an. Wie wär´s, wenn wir uns da mal ein bisschen umsehen?"

„Gute Idee." Der PC surrte kurz. „So, da wären wir. Es ist ein geschlossenes Forum. Mal sehen, was die für Anmeldebedingungen haben."

„Warte mal! Wenn wir uns da anmelden, bekommen die dann nicht raus, wo wir sind?"

„Berechtigter Einwand. Da werde ich wohl zur Sicherheit lieber ein paar Tarnungen aktivieren. Das kann etwas dauern."

„Kein Problem, lass dir nur Zeit."

Während der PC leise vor sich hin surrte, grübelte ich darüber nach, was Janus in diesem Forum zu suchen hatte. Und vor allem, wie er dort hineinkam, ohne einen Computer zu benutzen. Denn so einen *modernen Schnickschnack* hatte er immer abgelehnt ... hatte ich zumindest geglaubt. Aber das war ja nicht die erste Sache gewesen, in der ich mich bei ihm getäuscht hatte ...

„So, ich bin so weit", unterbrach der PC meine düsteren Gedanken. „Dann werden wir uns mal anmelden. Da, hier stehen die Bedingungen. Oh je, das ist blöd."

„Was ist blöd?"

„Da steht, dass neue Mitglieder nur auf Einladung von mindestens drei alten Mitgliedern aufgenommen werden, die dann als Paten des Neuen fungieren."

„So ein Mist!", entfuhr es mir. „Das war´s dann wohl mit unserer Mitgliedschaft."

„Sieht leider so aus. Wenn du nicht zufällig Janus` Passwort kennst ..."

„Ich wusste ja nicht einmal, dass es das Forum gibt. Schade, ich hätte zu gern erfahren, was es mit diesem Forum auf sich hat."

„Moment, mir kommt da eine Idee!" Der PC begann wieder zu surren. Gespannt wartete, ich, was er vorhatte.

„So, da wären wir", sagte er schließlich. „Ich habe einfach mal den Namen des Forums in eine Suchmaschine eingegeben und schon habe ich einige Ergebnisse."

„Sehr gut. Und was sagen die?"

„Hier steht, dass die Staatsanwaltschaft gegen das Forum ermittelt hat. Die Ermittlungen mussten aber eingestellt werden, weil Zeugen plötzlich nicht mehr verfügbar waren."

„Und was bitte heißt verfügbar? Tot, verschwunden, sonst wie ruhiggestellt?"

„Da steht bedauerlicherweise nichts weiter dazu."

„Und warum haben sie ermittelt?"

„Wegen gemeinsamer Planung und Durchführung eines Verbrechens."

„Was für ein Verbrechen?", flüsterte ich.

Vor meinem geistigen Auge erschienen schemenhaft die Bilder von Miranda und Stella.

„Was genau und von wem finde ich hier leider nicht."

„Janus` Gruppe ist also eines Verbrechens verdächtig gewesen. Wie konnte ich mich nur so in ihm täuschen?"

„Noch ist nichts bewiesen", entgegnete der Computer leise.

„Es gab keine Verurteilung."

„Ja, weil die Zeugen plötzlich nicht mehr verfügbar waren. Warum auch immer."

„Kennst du eigentlich die Bedeutung seines Namens?", fragte mich der PC nach einer Weile. „Janus ist eine der ältesten römischen Gottheiten. Der doppelgesichtige Januskopf gilt als Symbol der Zwiespältigkeit. Es bedeutet, dass der Charakter einer Person zwei sich widersprechende Seiten zeigt, die eigentlich nicht miteinander vereinbar sind."

Wenn das auf einen Menschen, den ich zu kennen geglaubt hatte, zutraf, dann auf ihn.

MATHILDES BRIEF

Am nächsten Morgen erwachte ich sehr früh. Ich war buchstäblich wie gerädert. Im Traum waren mir immer wieder die beiden Gesichter des Janus erschienen. Sie waren um mich herum gekreist, hatten sich gegenseitig vertrieben, waren zurückgekommen, hatten sich zu einem vereint und wieder getrennt.

Da der PC noch ruhte, schaute ich aus dem Fenster. Die Äste der Eiche hatten nahezu all ihr Laub verloren, nur vereinzelte Blätter klammerten sich noch standhaft fest. Auch ich fühlte mich wie ein einsames Blatt, das gegen einen mächtigen Wind kämpft.

Plötzlich hörte ich, wie sich die Haustür öffnete. War etwa die Gestalt mit den schwarzen Handschuhen zurückgekehrt? Und wenn, sollte sie mich ruhig mitnehmen, dann war die Sache endlich zu Ende.

Doch es war nicht der Unbekannte, der die Bibliothek betrat, sondern Justus.

In der Hand hielt er einen Brief, dessen Schrift ich als die Mathildes erkannte. Was hatte sie jetzt wieder geschrieben? Und was machte Justus hier?

Die Antwort auf die erste Frage ließ nicht lange auf sich warten.

Justus setzte sich an den Schreibtisch und begann, mit leiser Stimme den Brief zu lesen.

„Lieber Herr Justus,

wenn Sie diesen Brief lesen, bin ich schon weit weg. Bitte suchen Sie nicht nach mir. Ich werde mit jemandem, der mir lange gefehlt hat, ein neues Leben anfangen.

Ich schreibe Ihnen diese Zeilen, weil ich glaube, dass Sie anders sind als Ihr Vater. Deshalb haben Sie ein Recht, all das zu erfahren.

Ihr Vater hat einige schlimme Dinge getan. Er wurde dafür gerichtet.

Einer der Menschen, dem durch Ihren Vater schweres Leid angetan wurde, wollte sich auch an Ihrer Familie rächen.

Ihre Stiefmutter hat deshalb alle in dem Glauben gelassen, sie hasste Kassandra. Dass sie in ihr eine Rivalin um Janus` Gunst sah. Dem war nicht so. Sie hatte sich mir kurz vor ihrem Tod anvertraut.

Sie sah, dass ein Unbekannter Kassandras Sachen durchwühlte und ahnte, in welch tödlicher Gefahr ihre Stieftochter schwebte. Deshalb sorgte sie dafür, dass Kassandra das Haus verließ.

Die Gefahr ist nun gebannt. Der Rächer weiß seit Kurzem, dass Kassandra ihren Vater dafür hasst, was er ihren beiden Familien angetan hat. Er hat den Brief, den sie ihm zum Abschied geschrieben hatte, gelesen. So hat auch er mit ihr Frieden geschlossen.

Und nun noch zu Ihnen, Herr Justus. Auch Sie waren kurzzeitig in Gefahr. Sie haben sich jedoch schon bald von ihrem Vater abgewendet und ihm die Verachtung entgegengebracht, die er verdiente. Deshalb sind auch Sie in Sicherheit.

Zum Schluss möchte ich Ihnen noch einen Rat geben:

Treten Sie aus dem Schatten Ihres Vaters! Leben Sie Ihr eigenes Leben! Opfern Sie nicht ihre Zukunft seiner Vergangenheit!

Ich habe, wie manchmal, an der Tür gelauscht und das Gespräch zwischen Ihnen und Fräulein Bianca mitbekommen. Fräulein Bianca hat einen klaren Verstand, eine flinke Zunge und das Herz auf dem rechten Fleck. Ich bitte Sie! Lassen Sie sie in Ihr Leben hinein! Geben Sie Ihrer gemeinsamen Zukunft eine Chance!

Ich wünsche Ihnen alles nur erdenklich Gute. Mathilde"

Nachdem Justus den Brief gelesen hatte, ging er zum Plattenspieler, legte Beethovens Fünfte Symphonie ein, setzte sich in den Ledersessel und schloss die Augen.

Und auch ich hing meinen Gedanken nach.

Das war in der Tat ein schicksalhafter Brief. Janus war tatsächlich in dunkle Machenschaften verwickelt gewesen, die ihn schließlich eingeholt hatten.

Doch wenn Kassandra jetzt außer Gefahr war, weil der Rächer ihren Abschiedsbrief gelesen hatte, dann ... musste der Rächer die Person mit den schwarzen Handschuhen sein, oder diese zumindest gut kennen.

JUSTUS` MAIL AN KASSANDRA

Noch während Beethovens Klänge den Raum erfüllten, ging Justus zum PC. Er ließ ihn hochfahren, rief sein E-Mail-Programm auf und begann, eine Nachricht zu verfassen.

'Cara Kassandra,
ho appena ricevuto una lettera di Mathilde. Non sei più in pericolo. Lui ha trovato la lettera che hai scritto a Giano e sa che lo detestavi. Sei libera di iniziare una nuova vita.
Carissimi saluti, Justus'

Bereits während Justus schrieb, übersetzte der PC den Text für mich:

Liebe Kassandra,
eben kam ein Brief von Mathilde.
Die Gefahr ist vorbei. Er hat den Brief, den du damals an Janus geschrieben hast, gelesen und kapiert, dass Du Janus für seine Taten verabscheust.
Es ist Zeit für Dein neues Leben. Liebe Grüße,
Justus

Wie ich es mir gedacht hatte. Justus hatte also Kontakt zu Kassandra, hatte ihr beigestanden. Deshalb war er auch das Wagnis des gefälschten Testaments eingegangen.

Welche Untaten musste Janus begangen haben, um solche Reaktionen auszulösen.

JUSTUS` MAIL AN BIANCA

Justus war zwischenzeitlich zum Telefon gegangen und wählte eine lange Nummer. Er hielt den Hörer ans Ohr und wartete auf das Freizeichen.

Das laute Tuten grub sich in die Stille des Raums. Doch sein Gesprächspartner am anderen Ende der Leitung hob nicht ab. Nach dem zwanzigsten *Tuut* legte er auf.

Er ging zum PC und begann, eine weitere Mail zu schreiben, diesmal auf Deutsch.

Liebe Bianca,
ich weiß, ich habe mich Dir gegenüber wie das letzte Scheusal verhalten. Dich nur mit einem Brief und ohne ein Wort der Erklärung wegzuschicken, war das Schlimmste, was ich dir damals antun konnte.
Wie gerne hätte ich Dir alles erzählt, mich dir anvertraut. Aber ich konnte es nicht. Zu viel war mir selbst unklar und ich wollte keine falschen Verdächtigungen aussprechen oder Dich in die Irre führen.
Jetzt hat sich einiges geändert. Manches ist klarer geworden und die paar Dinge, die ich noch nicht weiß, spielen keine Rolle mehr.
Ich wünschte, ich bekäme noch einmal die Chance, Dir alles zu erzählen und mit dir einen Neubeginn zu wagen.
Ich verstehe aber auch, wenn Du mich für das, was ich Dir angetan habe, hasst und Du mit mir nichts mehr zu tun haben möchtest.
Ich wünsche dir alles Gute. In Liebe,
Justus

Nachdem er die Mail versendet hatte, ging er zum Schreibtisch. Er öffnete die Schublade, holte das kleine Säckchen heraus und leerte vorsichtig die Scherben des Briefbeschwerers auf den Tisch.

Dann nahm er eine Tube Kleber aus der Lade. Er bestrich behutsam die Ränder der Scherben, wartete kurz und setzte sie dann Stück für Stück zusammen. Das Ergebnis konnte sich sehen lassen: Der kleine Elefant war wieder komplett.

Jetzt blieb nur noch zu hoffen, dass sich die Scherben von Justus` Seelenleben ebenfalls kitten ließen.

Das Klingeln des Telefons riss mich aus meinen Gedanken. Justus hob den Hörer ab, meldete sich und hörte, was sein Gegenüber zu sagen hatte.

„Dann ist meine Stiefmutter also auch an einem Herzinfarkt gestorben. Scheint ja wohl irgendwie am Haus zu liegen. Danke, Doktor."

Er legte auf. „Ja, das liegt ganz sicher an unserem Haus."

Er betrachtete den kleinen Elefanten und fuhr mit den Fingern die Linien der Klebestellen entlang, über Augen, Ohren und Rüssel.

„Auch du wärest ja beinahe an diesem Haus zugrunde gegangen, kleiner Elefant. Janus hatte auch dich entsorgt, wie er es mit allem und jedem tat, das nicht in sein Universum passte. Aber ich habe dich wiedergefunden. Du wurdest zwar verletzt, aber du hast überlebt."

Justus lehnte sich im Schreibtischstuhl zurück und schloss die Augen. Reglos saß er da, fast so, als würde er schlafen.

Ein lautes *‚Pling'* holte ihn wieder in die Realität zurück. Er stand auf und ging zum PC. Auf dem Bildschirm stand groß

Sie haben eine neue Nachricht erhalten.

Justus drückte zwei Tasten und begann, die E-Mail zu lesen:

Lieber Justus,
Du hast mir einmal gesagt, Du möchtest gerne mehr von Rom kennenlernen.
Dieses Wochenende habe ich frei und Zeit, Deiner Erzählung zuzuhören. Ich freue mich, Dich besser kennenzulernen und Dir ‚meine' Stadt zu zeigen.
Liebe Grüße, Bianca

Als Justus sich umdrehte, dachte ich, einen anderen Menschen vor mir zu haben.

Sein eben noch müdes und trauriges Gesicht strahlte auf einmal und sogar ein Lächeln hatte sich darauf gewagt.

Ja, Justus hatte seine zweite Chance bekommen. Und ich war mir sicher, er würde sie nutzen.

JANUS` PROJEKT (Teil 1)

Da wir beide nicht wussten, wie lange wir noch ungestört würden forschen können, machten der PC und ich uns an die Arbeit.

Justus hatte inzwischen die Bibliothek verlassen, wohl um alles für die Reise seines Lebens vorzubereiten. In zwei Tagen würde es so weit sein.

„Nachdem wir nicht so einfach in das Forum können, schlage ich vor, dass wir uns erst mal Janus` Bücherliste ansehen."

„Alles klar, hier ist sie." Der PC las mir die Titel vor, aber sie waren mir alle bekannt.

„Dann als Nächstes die Vorlesungen."

Auch hier kannte ich die meisten, doch bei einer horchte ich auf.

„Halt! Die kenne ich nicht. Worum geht es da?"

„Das scheint ein größeres Projekt gewesen zu sein, eine Art Experiment. Hier ist die Zusammenfassung einer Diskussion, die Professor Janus Lilienstein mit seinen Studenten führte:

PROFESSOR: Platon ließ Protagoras sagen, der Mensch sei das Maß aller Dinge. Der Seienden, dass oder wie sie sind und der nicht Seienden, dass oder wie sie nicht sind.

STUDENT 1: Ja, das ist der bekannte Homo-mensura-Satz.

PROFESSOR: Richtig. Aber wie eng oder weit kann man ihn auslegen?

STUDENT 1: Die Dinge sind so, wie sie der Mensch sieht, da er denken kann und die Dinge nicht.

PROFESSOR: Ja, aber sieht nicht mancher Mensch die Dinge so und mancher sie anders?

STUDENT 1: Das schon, dann sind sie halt für jeden Menschen anders.

STUDENT 2: Aber ist das nicht furchtbar unpraktisch, wenn einer eine Sache so sieht und ein anderer sie anders? Dann gibt es ja gar keine einheitlichen Begriffe.

PROFESSOR: Gut erkannt. Und wie wäre das Problem zu lösen?

STUDENT 2: Indem die Begriffe einheitlich festgelegt werden.

PROFESSOR: *Gute Idee. Und nach welchem Maßstab?*

STUDENT 1: *Abstimmung aller.*

STUDENT 2: *Der Mächtigste legt den Begriff fest.*

PROFESSOR: *Abstimmung hat den Nachteil, dass das nur schwer praktikabel ist und sich die, die unterlegen sind, grundsätzlich benachteiligt vorkommen.*

Der Mächtigste hätte den Vorteil, dass es dann keinen Widerspruch gibt.

Nun aber meine Frage: Welche Art von Macht sollte der Mächtigste haben?

STUDENT 1: *Geld und Güter.*

STUDENT 2: *Geistesgaben, Verstand.*

PROFESSOR: *Geld und Güter sind vergänglich. Verfällt ein Begüterter plötzlich in Armut, was ja oft genug vorkommt, hätte das immer gleich einen Wechsel der Maßstäbe zur Folge.*

Der Verstand dagegen ist ein bleibender Wertmaßstab, sodass wir sagen können, der Klügste legt das Maß aller Dinge fest.

Kämen wir also jetzt zum nächsten Punkt: Der Satz sagt, der Mensch ist das Maß aller Dinge. Was ist ein Ding? Wie wird es definiert?

STUDENT 1: *Dinge sind Sachen, Tisch, Stuhl, Plattenspieler.*

STUDENT 2: *Dinge sind für mich auch Pflanzen und Tiere.*

PROFESSOR: *Dinge sind auf jeden Fall alle Sachen.*

Wie aber ist es mit Lebewesen wie Pflanzen und Tieren? Sie wachsen wie wir Menschen und zumindest die Tiere bewegen sich auch, können Laute von sich geben, hören und noch einiges mehr.

STUDENT 2: Aber die Tiere können nicht denken.

PROFESSOR: Das sehen manche Wissenschaftler anders. Bei vielen Tieren ist zum Beispiel durchaus Lernfähigkeit vorhanden.

STUDENT 2: Aber dennoch geben wir ihnen einen Namen.

PROFESSOR: Genau, wir geben nicht nur dumpfen Sachen einen Namen, sondern auch Lebewesen, die, zumindest in kleinem Rahmen, fähig sind, zu denken. All das sind, um Protagoras zu zitieren, die Dinge, deren Maß wir sind.

Wie ist es aber jetzt mit Menschen, deren Verstand kleiner ist als beispielsweise der unsere? Sind wir für diese auch das Maß aller Dinge?

STUDENT 1: Aber Herr Professor! Da ist doch ein gewaltiger Unterschied! Das eine sind Tiere, das andere Menschen.

PROFESSOR: So? Beide bestehen aus Zellen und Wasser. Beide bewegen sich fort und verfügen über diverse Sinne, einige sogar über bessere als wir Menschen. Und einige Tiere sind lernfähiger als so mancher Mensch, den ich bisher getroffen habe.

STUDENT 2: Das bedeutet logischerweise, dass Menschen mit größerem Verstand nicht nur das Maß der Dinge, Pflanzen und Tiere sind. Sie sind auch das Maß der Menschen mit kleineren Geistesgaben.

PROFESSOR: Das ist eine Konsequenz dieser These. Doch es gibt noch eine weitere.

Wir haben ja bisher Folgendes aus dem Homo-mensura-Satz abgeleitet: Der Mensch ist das Maß aller Dinge, also von Sachen, Tieren, Pflanzen und Menschen von geringerem Verstand.

Nun zum zweiten Teil: Der Seienden, dass oder wie sie sind, der nicht Seienden, dass oder wie sie nicht sind.

Wie ist das zu verstehen?

STUDENT 1: Nun, die Wesen mit größerem Verstand erlegen den anderen Regeln auf, wie sie sich zu verhalten haben. Sie geben ihnen Namen, damit sie sich von anderen unterscheiden.

STUDENT 2: Sie sagen auch, welche Wesen nicht oder nicht mehr existent sind. Wie Tote.

PROFESSOR: Der erste Teil des Satzes wurde bereits sehr gut interpretiert.

Wenden wir uns deshalb dem Zweiten zu. Der Ansatz gefällt mir schon ganz gut, geht aber noch nicht weit genug. Tote sind natürlich nicht mehr existent. Wie aber ist es mit Menschen, die weniger Verstand besitzen? Inwieweit gilt für sie der zweite Teil des Satzes?

STUDENT 2: Nach dem bisher Gesagten müssten wir dann auch über ihr Sein oder Nichtsein bestimmen können.

PROFESSOR: Genau, das ist die Quintessenz. Der Mensch ist das Maß aller Dinge, also Sachen, Tiere, Pflanzen und Menschen von minderem Verstand. Er kann somit über deren Sein oder Nichtsein bestimmen, also über deren Leben oder Tod."

Ich war sprachlos. Bisher war mir der Satz des Protagoras immer als willkommene Rechtfertigung meiner Existenz erschienen – oder besser gesagt, von Janus als solche nahe gebracht worden.

In der Auslegung, die Janus mit seinen Studenten hier erarbeitet hatte, bekam er eine völlig andere Dimension. Hiernach war es vom Verstand des Einzelnen abhängig, ob er bestimmen konnte – oder ob über ihn bestimmt wurde. Und das bis zur letzten Konsequenz.

„Athene! Hörst du mir überhaupt zu?", drang plötzlich die Stimme des PCs zu mir durch.

„Tut mir leid, ich war eben völlig geistesabwesend. Das gerade Gehörte hat mich echt umgehauen."

„Und mich hat es ziemlich erhitzt. Ich würde meinem Prozessor gerne eine Verschnaufpause gönnen."

„Mach das, dann hab ich Zeit, alles zu verarbeiten."

Und diese Zeit brauchte ich auch. *Wo war ich da bloß hineingeraten? Was würde noch alles ans Licht kommen?*

Vor mein geistiges Auge schob sich hartnäckig ein Bild, in dem Janus die Menschen nach ihrem Verstand unterteilte und dementsprechend ihr Dasein regelte. Doch tief in meinem Inneren hatte ich die Befürchtung, dass das nicht nur eine Vision war.

MINERVAS OFFENBARUNG

„Wenn ich doch nur Zugang zum Forum bekommen könnte", murmelte ich halblaut vor mich hin.

„Du hattest Janus` Kennwort vor dir. Öffne deinen Blick und du wirst es sehen."

Ich versuchte, die Stimme, die das gesagt hatte, zu orten. Sie kam aus der Richtung von Janus` Porträt. Mein Blick fiel auf die kleine Frauenstatue rechts neben der Tür, die einst Kassandras Münze getragen hatte.

„Wer bist du?"

„Ich bin Minerva, die Göttin der Weisheit und Wissenschaft. Ich stand lange an Janus` Platz in der *Halle des freien Denkens und der wagemutigen Wissenschaften*. Bis er mich mit hierher nahm."

Weisheit und Wissenschaft. Das waren dieselben Attribute, die ich mit meinem Namen verband. Janus hatte mir also ganz bewusst diesen Teil seines Schaffens vorenthalten.

Ich wusste nicht, was stärker war. Meine Enttäuschung, dass er neben mir noch eine andere Muse hatte, oder meine Erleichterung darüber, dass ich an dem unheimlichen Projekt nicht beteiligt worden war.

Um nicht in weitere Grübeleien zu verfallen, wandte ich mich wieder an Minerva.

„Und warum hast du bisher geschwiegen? Du hast ja wohl mitbekommen, dass ich verzweifelt Informationen suche!"

„Ich hatte geschworen, niemandem etwas über die Existenz des Forums zu verraten. Da du es aber nun gefunden hast, bindet mich dieser Eid nicht mehr."

„Und was meinst du damit, ich hätte das Kennwort vor mir im Blick gehabt?"

„Denk nach."

„Ich sehe so viel. Die Bücher, Janus` Porträt, Minervas Statue, Kassandras Münze."

„Du bist nah dran. Sei genauer und wäge jedes Wort ab."

„OK, du sagtest: Du hattest das Kennwort vor dir." Plötzlich fiel es mir wie Staub von meinen Tasten.

„Ich *hatte* die Münze vor mir, als sie an dir hing. Das Kennwort ist Kassandra."

„Richtig."

Mir kam ein furchtbarer Gedanke.

„Dann wusste Justus also von dem Forum und ist damit auch in das Projekt verwickelt? Denn er wollte ja unbedingt Kassandras Münze wiederhaben, und hat deshalb sogar die Reise nach Rom unternommen."

„Nein. Justus kannte weder das Forum noch das Projekt. Janus hätte es ihm nie gezeigt, da er seinem Sohn nicht traute. Justus ging es nur darum, die Münze seiner Halbschwester wieder zu bekommen."

Ich hätte nicht gedacht, wie sehr mich diese Information erleichterte.

„Und weißt du sonst noch etwas über das Janus` Projekt?"

„Ich habe dir den Zugang gegeben. Alles Weitere musst du schon selbst herausfinden."

JANUS` PROJEKT (TEIL 2)

Nachdem der PC seinen Prozessor abgekühlt hatte, teilte ich ihm den Code mit und wir machten uns auf den Weg ins Forum. Gleich zu Beginn erschien auf dem Bildschirm eine gigantische Halle mit einer schier endlosen Zahl von Türen. Hinter jeder Tür, erklärte mir der PC, waren weitere Räume mit Türen, Gängen und Treppen.

Halle des freien Denkens
und der wagemutigen Wissenschaften

prangte in großen Lettern weit oben in der Halle.

„So, dann lass uns mal sehen, wo wir hin müssen." Das Bild der Halle begann sich langsam von links nach rechts zu drehen und blieb schließlich vor einem großen Kasten stehen. „Das sieht schon mal sehr gut aus. Hier ist das Verzeichnis der einzelnen Mitglieder und Zugänge."

Die Prozessoren summten, als sich der PC daran machte, das Verzeichnis zu durchforsten.

„So, da hätten wir ihn. Dies ist die Akte von Janus Lilienstein. Hier ist alles drin, was er im Forum gemacht hat, alle seine Projekte und Schriften."

„PC, ich bin äußerst beeindruckt. Und was steht nun auf der Liste?"

„So einiges, aber ganz oben das *Homo-mensura-Projekt.*"

Also doch. Janus hatte die Idee weiter verfolgt. Es war nicht nur ein Gedankenspiel mit zwei Studenten. Nein, es hatte ihn wesentlich intensiver beschäftigt.

„Dann lass uns das mal genauer ansehen. Wo müssen wir rein?" Ich gab mich betont forsch, um meine Anspannung zu verbergen.

„Hier." Im nächsten Moment sahen wir auf dem Bildschirm einen sehr großen hohen Raum, der über und über mit Regalen und Aufzeichnungen vollgestopft war.

„Na, das ist ja ein Datenchaos!", stöhnte der PC. „Ich hoffe nur, dass es auch hier ein ordentliches Verzeichnis gibt."

„Bestimmt, denn Janus hat immer alles ganz genau dokumentiert."

„So, hier ist eine Art Grobgliederung mit zahlreichen Querverweisen:

AUSGANGSPUNKT: Der Mensch ist das Maß aller Dinge (Sachen, Tiere, Pflanzen, Menschen von minderem Verstand). Er kann über deren Sein oder Nichtsein bestimmen, also über Leben oder Tod.

THESE: Dieser Satz ist in letzter Konsequenz im Alltag nicht anwendbar.
ARGUMENT: Er wäre eine Rechtfertigung von Ideologien, die das Recht eines Menschen auf Leben von dessen Verstand abhängig machten. Dies ist nicht mit den Grundwerten unserer Gesellschaft vereinbar.
GEGENTHESE: Dieser Satz ist in letzter Konsequenz auch im Alltag anwendbar.
ARGUMENT: Die Grundwerte unserer Gesellschaft werden immer von den Menschen festgelegt, die dazu verstandesmäßig am besten geeignet sind. Sie wandeln sich mit deren Ansichten und sind deshalb keine starre Größe.
BEWEISE: - EDIT: gelöscht."

„Das kann doch alles nicht wahr sein! Wann und von wem wurden die Beweise gelöscht? Und warum?"

„Die Löschung der Daten fand kurz vor dieser Zeitungsmeldung über den Prozess gegen die Gruppe statt."

„Sie haben also die Beweise vernichtet."

„So ist es."

„Und meinst du nicht, dass da noch Spuren vorhanden sind?", fragte ich ohne große Hoffnung.

„Das kann sein. Aber um die zu finden, bin ich leider nicht ausgerüstet. Dazu braucht man besondere Programme und wesentlich mehr Leistung."

„Gräm dich nicht", entgegnete ich schnell. „Lass uns lieber nachsehen, ob wir noch etwas anderes finden."

JANUS` PATEN

Der PC suchte eine Weile, dann rief er: „Hier, ich habe die Namen von Janus` drei Forums-Paten gefunden. Kennst du einen davon?"

Er las mir die Liste vor.

Die Ersten beiden kannte ich kaum. Ich hatte ihre Namen zwar vor längerer Zeit bei Janus` Telefongesprächen mitbekommen. Dabei war es aber immer nur um Belanglosigkeiten und Vereinbarungen von Terminen für Treffen gegangen.

Der dritte Name dagegen schlug ein wie eine Bombe.

„Das darf doch nicht wahr sein!", entfuhr es mir.

„Kennst du den dritten Mann?"

„Das kann man wohl sagen. Es ist der langjährige Hausarzt von Janus, der auch seinen Totenschein ausgestellt hat."

Die Mitgliedschaft des Doktors gab dem Experiment eine völlig neue Dimension. Bisher hatte das Ganze doch reichlich theoretisch geklungen.

Der Janus, den ich gekannt hatte, war Philosoph gewesen, kein Naturwissenschaftler. Und er konnte kein Blut sehen. Ich hatte miterlebt, dass er bei einer kleinen Schnittwunde fast in Ohnmacht gefallen war. Er mochte zwar Theorien über die Durchführung des Homo-mensura-Satzes aufgestellt haben, aber zur Umsetzung fehlten ihm die praktischen Fähigkeiten.

Fähigkeiten, die der Doktor hatte.

Und wenn der Arzt an dem Projekt beteiligt war, traf das dann auch auf Miranda und Stella, seine Frau und Tochter, zu?

Und wenn ja, welche Rolle spielten sie bei diesem Projekt?

„PC, gibt es vom Doktor auch eine Akte?"

„Ja, hier. Eigentlich ..."

„Was heißt eigentlich?", fragte ich in böser Vorahnung.

„Die Akte wurde gelöscht."

Also wieder eine Sackgasse. Es war zum Verrücktwerden. Überall stießen wir auf gelöschte Einträge. Alles, was wir hatten, waren Thesen. Ob sie tatsächlich durchgeführt worden waren, blieb mangels Beweisen im Dunkeln.

ABREISEN

Während ich noch vor mich hin grübelte, kam Justus in die Bibliothek.

Er ging schnurstracks zum PC und begann, etwas einzugeben. Die wohlbekannte Seite mit den Flügen erschien. Er wählte einen aus, reservierte sich einen Platz und druckte das Ticket aus.

Anschließend drückte er einen Knopf und der PC ging aus. Dann nahm er den kleinen Elefanten und steckte ihn vorsichtig in das Säckchen, in dem er vorher die Scherben aufbewahrt hatte.

Er sah sich noch einmal kurz um und verließ dann samt Elefant und Ticket die Bibliothek.

Ich blickte aus dem Fenster und sah, dass jetzt auch die letzten Blätter der großen Eiche abgefallen waren.

Genau so ging es mir, dachte ich traurig.

DIE HALLE DER ENTSCHEIDUNGEN

Auf einmal begann der Baum, sich zu verwandeln. Seine Konturen verschoben sich und nahmen die Gestalt der *Halle des freien Denkens und der wagemutigen Wissenschaften* an.

Doch im Gegensatz zu meinem letzten Besuch war die Halle diesmal nicht leer, sondern es wimmelte von Menschen.

Als ich hereinkam, drehten sich alle Köpfe in meine Richtung. Die Anwesenden bildeten einen Korridor und ich wurde hindurchgeschoben, geradewegs auf zwei Türen zu.

Vor der einen Tür stand Janus, vor der anderen eine schemenhafte Gestalt.

„Willkommen in der Halle der Entscheidungen!", erklang eine mächtige Stimme. „Du bist berufen, die Auswahl zwischen zwei Thesen zu treffen. Du kennst sie ja schon von deinem letzten Besuch. Nun sage uns, wie du entscheidest."

„Nein, das kann ich nicht! Dafür fehlen mir die Beweise!"

„Beweise, du brauchst also Beweise. Eine brave Wissenschaftlerin. Nun gut, die sollst du haben."

Die beiden Türen öffneten sich. Aus jeder trat ein kleiner Mann heraus, der dem anderen wie ein Ei dem anderen glich.

Jeder der beiden hatte eine Akte in der Hand, die er vor mich auf den Boden legte.

Janus` Akte trug die Überschrift:

Beweise für die Anwendbarkeit des Homo-Mensura-Satzes in letzter Konsequenz.

Der Überschrift der anderen Akte entnahm ich, dass sie die Gegenbeweise enthielt.

Wie auf ein Kommando hin öffneten sich die Deckel und Ströme von Bildern drängten aus den Akten heraus.

Anfangs waren es identische Bilder von Gegenständen, Tieren und Pflanzen, die von Menschen mit Doktorhüten sortiert und katalogisiert wurden.

Einige Gegenstände hatten Kratzer und Beulen, ein paar Tiere hinkten oder hatten lahme Flügel, bei manchen Pflanzen hingen Blüten und Blätter welk herunter.

Ihnen wurde keine Existenzberechtigung mehr eingeräumt.

Sie landeten auf einem großen Haufen, der von riesigen Würmern langsam aufgefressen wurde.

Dann jedoch nahmen die Bilderströme einen unterschiedlichen Verlauf.

Aus Janus` Stapel drangen Menschen, die von den Doktorhüten ebenfalls sortiert und katalogisiert wurden. Die Ausselektierten, darunter auch Miranda und Stella, wurden von einem starken Sog auf den Haufen gezogen und dort gleichfalls von den Würmern gefressen.

Der Stapel seines Kontrahenten zeigte andere Bilder. Hier wurde zwar auch sortiert und katalogisiert. Die ausselektierten Menschen wurden jedoch nicht auf den Würmerhaufen gezogen, sondern die anderen reichten ihnen die Hand und nahmen sich ihrer an.

Doch dann vermischten sich plötzlich die Stapel. Janus` Kontrahenten versuchten, Menschen von dem grausigen Haufen herunterzuziehen und zu retten. Eine Zeit lang schien das auch gut zu gehen. Aber dann setzte Janus` Stapel zu einem gnadenlosen Gegenangriff an. Er fiel über seinen Widersacher her und begann, sämtliche Menschen auf den Würmerhaufen zu ziehen.

„Nein! Janus! Tu das nicht! Das ist unmenschlich!", klang plötzlich eine markerschütternde Stimme durch den Saal.

Sämtliche Köpfe wandten sich mir zu und ich erkannte, dass ich es war, die das gerufen hatte.

„Janus, bitte, wie kannst du so etwas nur zulassen! Du hast Platons Text einen Sinn gegeben, der weit über das hinausgeht, was er beabsichtigt hatte. Platon hatte jedem Bürger den Platz im Staat zugewiesen, den er aufgrund seiner Fähigkeiten einnehmen konnte. Aber er hätte nie der Tötung von Menschen minderen Verstandes zugestimmt!"

„Weil er schwach war. Genauso schwach wie du, Verräterin!"

Mit diesem Satz stürzte er sich auf mich und wir versanken in einem Strudel aus Farben und Blitzen.

„Verräter räter räter", tönte Janus` Echo wie Donnerhall in meinem Ohr.

„Verbrecher recher recher", rief ich zurück.

„Verräter"

„Verbrecher"

„räter"

„recher"

„räter"

„recher"

Das Echo verklang. Um mich herum waren Dunkelheit und Stille. Vorsichtig prüfte ich den Zustand meiner Tasten, aber sie schienen das Abenteuer unbeschadet überstanden zu haben. Das war´s dann also. Das Ende aller meiner Illusionen. Der Trümmerhaufen meiner Existenz.

DAS GEHEIMNIS DES SIEGELRINGS

„Na, jetzt die Schattenseiten deines Herrn und Meisters erfahren?", riss mich die Stimme des Siegelringes aus meinen Gedanken.

Ich traute meinem Gehör nicht. „Hast du etwa von Janus` Ideen und deren Auswüchsen gewusst?"

„Ja, das habe ich."

„Und warum hast du mir das dann nicht erzählt? Du hast doch mitbekommen, dass ich Nachforschungen angestellt habe."

„Hättest du mir denn geglaubt?", fragte der Siegelring leise.

Ich schwieg, denn wir beide kannten die Antwort. Ich musste das alles selbst herausfinden und die gleichen Erfahrungen machen wie die Bewohner von Platons Höhle.

„Wie geht man mit so einem Wissen um? Wie konntest du es ertragen, weiter an seinem Finger zu stecken?", fragte ich schließlich.

„Ich konnte es nicht mehr. Ich begann, mit den mir möglichen Mitteln zu kämpfen, sodass er mich endlich herunternahm."

Mir fiel es wie Staub von den Tasten. „Du selbst hast Janus` Kupferallergie verursacht."

„Genau. Ich habe meine Kupferausscheidungen derart erhöht, dass es seiner Haut zu viel wurde und sie sich am Ringfinger grün färbte."

„Aber wenn sein Finger Schwäche zeigte, hätte er ihn nach seiner Theorie doch eigentlich von seinem Körper abtrennen müssen."

Der Siegelring lachte bitter. „Wann hast du es je erlebt, dass die Urheber solcher Ideen diese auf sich selbst anwenden? Er entledigte sich seines Problems lieber dadurch, dass er mich abnahm und in die Verbannung schickte."

Wir beide schwiegen, denn es gab nichts weiter zu sagen.

Ich blickte aus dem Fenster und bemerkte, dass es soeben zu schneien begonnen hatte. Die Flocken glitten am Anfang noch vorsichtig vom Himmel herab, doch dann begannen sie, wie wild zu tanzen.

Schon bald würde der Schnee alles bedeckt haben, genauso wie der Staub der Zeit sich über die Schatten der Vergangenheit legte.

Mir kam die letzte Szene aus Shakespeares Hamlet in den Sinn, in der Horatio verspricht, der Welt von den begangenen Untaten zu erzählen.

Und lasst der Welt, die noch nicht weiß, mich sagen,
Wie alles dies geschah; so sollt Ihr hören
Von Taten, fleischlich, blutig, unnatürlich,
Zufälligen Gerichten, blindem Mord;
Von Toden, durch Gewalt und List bewirkt,
Und Plänen, die verfehlt zurückgefallen
Auf der Erfinder Haupt: dies alles kann ich
Mit Wahrheit melden.
...
Aber lasst uns dies
Sogleich verrichten, da noch die Gemüter
Der Menschen wild sind, dass kein Unheil mehr
Aus Ränken und Verwirrung mög` entstehen.

Und wer, fragte ich mich, wird einst diese Geschichte aufschreiben?

SCHLUSSFOLGERUNGEN

Und wer wird einst diese Geschichte aufschreiben?
Diese Frage ließ mich nicht mehr los. Denn noch hatte ich den Fall ja nicht vollständig gelöst. Ich wusste zwar, dass Janus in grausame Machenschaften verwickelt war. Dies ließ darauf schließen, dass er tatsächlich aus Rache ermordet worden war. Aber es bleiben die Fragen *von wem?* und *wie sollte ich das jemals herausfinden?*

Wenn das Projekt der Grund für die Rache war, dann kamen nur Menschen in Betracht, die daran direkt oder indirekt beteiligt waren. Und mit denen Janus noch bis zu seinem Tod Kontakt hatte.

Dies konnte einmal die Person mit den schwarzen Handschuhen gewesen sein. Aber über die wusste ich nichts weiter, als dass es sie gab. Sie war für mich, zumindest derzeit, nicht fassbar.

Die zum Todeszeitpunkt noch lebenden Familienmitglieder, also Justus, Kassandra und Andromeda schloss ich auch aus, da sie wohl von dem Projekt nichts wussten. Denn wenn er schon seinem Sohn nicht vertraute, warum sollte das dann bei Frau und Tochter anders sein? Zumal Andromeda geistig nicht mehr ganz auf der Höhe war und Kassandra ihm schon lange den Rücken gekehrt hatte.

Von den drei Paten waren mir zwei gänzlich unbekannt. Ich hatte sie auch nie zusammen mit Janus gesehen.

Blieb noch der dritte Bürge, der Doktor.

Er hatte damals den Totenschein über einen *natürlichen Tod* ausgestellt. Dann seine Bemerkung beim Blick in das Buch mit Platons Werken, dass der Homo-mensura-Satz Janus Lebensmotto gewesen sei.

Später hatte er auch noch eine Kiste aus Janus` Keller geholt und mitgenommen. Ob der Inhalt der Kiste im Zusammenhang mit dem Projekt gestanden hatte?

Und dann das, was ich von der Kanne über die Teetreffen gehört hatte. Dort hatte ja anfangs auch noch, neben Janus` Familie, der Doktor mit Frau und Tochter teilgenommen. Deren späteres Ausbleiben und die verzweifelte Reaktion des Doktors auf das Bild und den Zettel, den er in der Bibliothek gefunden hatte, deuteten darauf hin, dass ihnen etwas Schreckliches zugestoßen sein musste.

Dass die Person mit den schwarzen Handschuhen das Bild von Miranda und Stella aus dem Rahmen entfernt hatte, konnte nur drei Sachen bedeuten:

Entweder, sie wollte das Bild mitnehmen, um Spuren zu verwischen.

Oder, der Doktor hatte sie beauftragt, das Bild zu holen.

Oder, der Doktor war selbst die schwarze Hand und hatte sich getarnt, um nicht erkannt zu werden.

Die Tatsache, dass der Arzt an dem Projekt beteiligt war, ließ zwar vermuten, dass auch er keine Skrupel kannte und Janus das notwendige medizinische Wissen lieferte. Was aber, wenn durch die Experimente Miranda und Stella zu Schaden gekommen wären? Wäre das nicht ein Grund, sich an Janus zu rächen?

Ich hatte nun zwar einen dringend Verdächtigen, wusste aber immer noch nicht mit Sicherheit, ob er es wirklich war. *Doch wie soll ich das je herausfinden?*

EINE LETZTE MAIL

Ich grübelte und grübelte. Auf einmal erinnerte ich mich an eine Diskussion, die der Doktor und Janus vor langer Zeit geführt hatten.

Es ging dabei um einen Kriminalfall, in dem ein Student des Opfers den Mörder durch einen Bluff überführt hatte. Opfer und Täter waren damals in illegale Machenschaften verwickelt gewesen. Das Opfer trug die Hauptverantwortung, der Täter war nur Mitläufer gewesen und hatte sich später aus dem Projekt zurückgezogen.

Der Student nun hatte der Person, die er für den Mörder hielt, aber gegen die er keine hundertprozentigen Beweise hatte, eine Nachricht zukommen lassen. Inhalt der Mitteilung war, dass das Opfer vor seinem Tod noch Aufzeichnungen verfasst habe. In diesen schöbe es die alleinige Schuld dem Täter in die Schuhe, während es sich selbst als absolut integer dargestellt habe.

Er wolle nun dem Täter die Möglichkeit geben, seine Sicht der Dinge darzustellen. Bedingung wäre jedoch, dass dieser hundert Prozent reinen Tisch mache, also auch den Mord an dem Opfer, wenn er ihn denn begangen habe, niederschreibe.

Dies sollte er an dem Ort tun, an dem sich Täter und Opfer gewöhnlich getroffen hatten. Der Täter hätte danach die Möglichkeit, den Ort unbehelligt zu verlassen. Das Opfer habe durch sein Verhalten den Tod verdient. Dem Student ginge es nur um die Wahrheit, nicht um eine Bestrafung des Täters.

Der Täter war tatsächlich darauf eingegangen, hatte alles niedergeschrieben und war dann entkommen.

Janus fand die ganze Geschichte absolut lächerlich und bescheinigte dem Täter grenzenlose Naivität und Blödheit, dass er sich darauf eingelassen hatte.

Der Doktor hingegen sagte, er hätte genauso gehandelt, da ihm die Erhaltung seiner Integrität das Risiko eines Wortbruchs des Studenten wert sei.

Ich hoffte sehr, dass er diese Einstellung immer noch hatte. Ich weckte den PC, der zum Glück nur in den Ruhezustand gegangen war, um mit ihm eine Mail aufzusetzen.

Es dauerte eine Zeit, bis wir die E-Mail-Adresse des Doktors herausgefunden und für mich einen unauffälligen Account angelegt hatten. Denn wir wollten die Mail nicht von Justus` Adresse aus schicken, um ihn und unseren Plan nicht zu gefährden.

Dann diktierte ich dem PC einen Brief nach Vorlage des Krimis und bestellte den Doktor in die Bibliothek.

Nach dem Abschicken der Mail schaltete sich der PC aus und mir blieb nur das Warten.

4. Teil

DIE SCHWARZEN HANDSCHUHE

Als ich am nächsten Morgen erwachte, war der Schnee von gestern wie weggeblasen. Ich machte mich auf eine ruhige und einsame Zeit gefasst, denn ich war mir nicht mehr so sicher, dass mein Plan aufgehen würde.

Wie als Antwort auf meine Frage hörte ich die Haustür knarzen. *War Justus zurückgekommen? Oder etwa ...*

Die Tür der Bibliothek ging auf und herein kam jemand, auf dessen Erscheinen ich am wenigsten gehofft hatte. Die Gestalt mit den schwarzen Handschuhen.

Sie trug eine Kiste, die sie neben meinen Schreibtisch stellte. Dann ging sie hinaus und holte noch weitere.

Anschließend setzte sie sich an den Tisch und begann, die Kisten auszuleeren. Hervor kamen zahlreiche Bücher und Manuskripte, die sie auf verschiedene Stapel stellte.

Fast kam ich mir vor wie in der Halle der Entscheidungen.

Zwischenzeitlich war sie beinahe fertig, nur eine kleine Kiste war noch verschlossen. Die Gestalt öffnete sie vorsichtig und holte zwei kleine Bücher und zwei Schlüssel heraus.

Sie faltete alle Kartons zusammen, stellte sie in die Ecke und legte ihren Mantel obenauf.

Dann ging sie zu dem Gestell, auf dem Justus` Laptop stand. Sie nahm den Papierstapel vom unteren Fach und legte ihn auf den Schreibtisch.

Nachdem sie sich wieder hingesetzt hatte, zog sie sich die Handschuhe von den Fingern, nahm den Hut ab ... und ich blickte in das Gesicht des Doktors.

Obwohl ich recht gehabt hatte, was das Doppelleben von Janus` einstigem Freund betraf, vermochte ich nicht, mich darüber zu freuen.

DIE ERINNERUNGEN DES DOKTORS

Der Arzt nahm ein einzelnes Blatt, steckte es zwischen meine Walzen und drehte die Kurbel.

Der Chronist, den ich mir herbeigewünscht hatte, war gekommen.

Schon spürte ich, wie seine Finger begannen, auf meine Tasten einzudrücken. Ich machte das, was ich in solchen Fällen immer tat. Ich entspannte mich und ließ den Dingen ihren Lauf.

MEIN TAGEBUCH

Vorwort:

Ich schreibe diese Zeilen, damit die Nachwelt erfährt, wie die Dinge wirklich waren. Ich habe mir lange überlegt, ob ich das tun soll. Aber es gibt für mich keine andere Wahl.

Ich weiß, dass viele dieser Ereignisse auch auf mich ein schlechtes Licht werfen. Doch das wird mich nicht daran hindern, auf diesen Blättern die Wahrheit niederzuschreiben.

1.

Alles begann vor sehr langer Zeit.

Ich war damals gerade mit dem Medizinstudium fertig und hatte begonnen, mich niederzulassen.

Ich hatte Miranda, meine wundervolle Frau, die mir immer zur Seite stand und die mich in meinen Plänen bestärkte.

Als junger Arzt konnte ich noch keine großen Sprünge machen, aber das war uns egal, denn wir hatten ja uns.

Es gelang mir, mir einen kleinen Kreis von Patienten aufzubauen, die mich regelmäßig konsultierten und uns dadurch ein bescheidenes Auskommen sicherten.

Unsere Tochter Stella wurde geboren, die wir beide über alles liebten und die der Sonnenschein unseres Alltags war.

Dann holte uns die Realität ein. Die Ausgaben stiegen, und es wurde schwerer und schwerer, unsere kleine Familie über Wasser zu halten.

Doch eines Tages schien das Schicksal ein Einsehen mit uns zu haben. Bei einem Klassentreffen begegnete ich meinem alten Schulkameraden Janus Lilienstein, den ich lange aus den Augen verloren hatte.

Wir waren früher nie die engsten Freunde gewesen, weil ich ihn für einen arroganten Schnösel gehalten hatte. Aber jetzt machte er mir ein Angebot, das ich nicht ausschlagen konnte. Ich sollte der Leibarzt seiner Familie werden. Er erinnere sich nämlich noch gut, wie ich ihn in meiner Zeit als Schulsanitäter einmal vor dem Verbluten gerettet hatte. Und da sein bisheriger Arzt in Rente gegangen war, würde er sich sehr freuen, wenn ich diesen Posten annehmen würde. Für mich und die Meinen bedeutete das ein geregeltes Einkommen, das uns zusammen mit dem, was ich von den anderen Patienten erhielt, sogar einen bescheidenen Luxus gewährte.

Miranda hatte anfangs Bedenken wegen Janus. Sie hielt ihn für etwas undurchsichtig. Schließlich konnte ich sie davon überzeugen, dass es sich ja nur um eine Geschäftsbeziehung handelte und ich schon aufpassen würde, dass er mich nicht über den Tisch zog.

Hätte ich doch damals nur auf Miranda gehört, dann säße ich heute nicht hier.

Janus begann, ein fester Bestandteil unseres Lebens zu werden. Es gelang ihm, Mirandas Bedenken zu zerstreuen, indem er regelmäßig mein Einkommen erhöhte und meine Zeit nie über Gebühr beanspruchte.

Auch privat intensivierte sich unser Kontakt. Da sich Janus` Frau Titania und Miranda von Anfang an gut verstanden, blieb es nicht aus, dass sich unsere Familien regelmäßig samstags zum Tee trafen und auch sonst einiges zusammen unternahmen. Und für Stella war es schön, während dieser Treffen in Janus` Tochter Esmeralda eine Spielgefährtin gefunden zu haben. Die beiden wurden schnell unzertrennlich.

2.

Meine Praxis wuchs und gedieh und nebenher war es mir möglich, einige Artikel in Fachzeitschriften zu veröffentlichen. Das wissenschaftliche Schreiben hatte mir schon immer großen Spaß gemacht und so konnte ich Erkenntnisse, die ich bei der Behandlung meiner Patienten gewonnen hatte, einem breiten Fachpublikum präsentieren.

Eines Tages erhielt ich einen Brief, der alles verändern sollte. Er kam vom ‚Forum des freien Denkens und der wagemutigen Wissenschaften'.

Zusammen mit Miranda begann ich, ihn zu lesen - noch heute ist jedes Wort wie Stein in meine Erinnerung gemeißelt:

‚Sehr geehrter Doktor Vendetti,

mit großem Interesse haben wir Ihre bisherige Tätigkeit verfolgt. Ihre Publikationen lassen einen frischen Geist erkennen, den man in Ihrem Metier heutzutage leider nur noch sehr selten findet.

Es freut uns deshalb, Ihnen mitteilen zu können, dass wir uns entschieden haben, Ihnen eine Mitgliedschaft in unserem Forum anzubieten.

Bei uns treffen sich nationale und internationale Wissenschaftler aller Couleur zu interessanten Forschungsprojekten und regen Diskussionen.

Die Mitgliedschaft ist beitragsfrei. Für Tätigkeiten, die Sie für das Forum ausüben, wie Gutachten, Mitarbeit an Veröffentlichungen und Ähnliche erhalten Sie eine angemessene Vergütung.

Bitte teilen Sie uns baldmöglichst mit, ob Sie unser Angebot annehmen.

Für Rückfragen stehen wir Ihnen gerne zur Verfügung. Mit freundlichen Grüßen

Direktorat'

Wir waren sprachlos. Das Forum war in Fachkreisen wohl bekannt und eine Mitgliedschaft galt als besondere Ehre. Zahlreiche Kapazitäten aller Fachrichtung warteten vergeblich auf eine Aufnahme. Und mir, dem einfachen Arzt und Schreiberling, wurde sie angeboten.

Selbstverständlich sagte ich zu.

Schon bald kam die erste Einladung zur Mitgliederversammlung, in welcher ich als Neuzugang den anderen vorgestellt wurde.

Schnell knüpfte ich Kontakte und von Treffen zu Treffen wuchs mein Bekanntenkreis.

Ich begann, Miranda und Stella zu vernachlässigen, aber tröstete uns damit, dass sich das bald wieder legen würde, nachdem der Reiz des Neuen vorüber war.

3.

Natürlich erfuhr auch Janus von dem Forum und er begann, reges Interesse zu zeigen.

Er war zwar kein Mediziner, war jedoch dabei, sich auf dem Gebiet der Philosophie einen Namen zu machen.

Eines Tages fragte er mich, ob ich bereit wäre, für seine Mitgliedschaft Pate zu stehen. Patenschaften von Mitgliedern waren erforderlich, wenn jemand nicht eingeladen wurde, sondern selbst einen Antrag stellte. Zwei der benötigten drei Paten hätte er bereits aus dem Kollegenkreis, aber ein Dritter fehlte ihm noch.

Nach alldem, was Janus bisher für mich und meine Familie getan hatte, überlegte ich nicht lange und sagte zu.

Noch heute bereue ich das bitter.

4.

Nachdem Janus` Antrag genehmigt war, nahm auch er rege am Forenleben teil. Allzu oft liefen wir uns dabei allerdings nicht über den Weg, denn er besuchte andere Fachgruppen als ich.

Außerdem hatte ich Miranda und Stella versprochen, wieder mehr Zeit mit ihnen zu verbringen, und das hielt ich auch ein.

Ich behandelte meine Patienten, schrieb hin und wieder ein Gutachten oder einen Artikel, ging einmal in der Woche zum Treffen meiner Fachgruppe und führte sonst ein sehr familiäres Leben.

Bei den samstäglichen Teetreffen bemerkte ich jedoch, wie sich Janus allmählich veränderte. Er war schon vorher sehr von sich überzeugt gewesen, aber langsam steigerte sich das in einem Maß, das mir ganz und gar nicht gefiel. Er behandelte vor allem seine Dienstboten derart von oben herab, dass mir die Luft wegblieb.

Eines Tages nahm ich ihn zur Seite und sprach ihn darauf an.

Er tat überrascht und redete sich heraus, dass das wohl an seinem derzeitigen Projekt liegen müsse.

Auf die Frage, was das denn sei, gab er sich geheimnisvoll und meinte, ich müsste mich noch etwas gedulden.

5.

Einige Wochen später kam er auf mich zu und fragte mich, ob ich Interesse hätte, bei seinem Projekt mitzuarbeiten. Seine Gruppe bräuchte den Rat eines Mediziners und da hätte er natürlich gleich an mich gedacht.

Beim nächsten Treffen kam ich mit und hörte mir an, was Janus und seine Freunde von mir wollten.

Es war in der Tat ein gewagtes Experiment.

Ausgangspunkt war Janus` Interpretation des Homo-mensura-Satzes, nach welcher Menschen mit den besten Verstandesgaben über alle anderen bestimmen konnten. Die Frage an mich lautete, ob es medizinisch möglich wäre, Leuten mit minderem Verstand durch die Gabe von Medikamenten zu besseren geistigen Fähigkeiten zu verhelfen und ihnen so ein selbstbestimmteres Dasein zu ermöglichen.

Mich faszinierte die Idee des medizinisch Machbaren derartig, dass ich gar nicht an die ethischen Konsequenzen dachte.

Ein Lapsus, für den ich den Rest meines Lebens bitter bezahlen muss.

Ich begann, Fachbücher zu wälzen und Experimente durchzuführen.

Die Gruppe stellte mir in ihren Räumlichkeiten ein Labor zur Verfügung, das mit allem ausgestattet war, was sich ein Arzt und Forscher nur wünschen konnte. Neben dem Labor befand sich noch ein Raum, um Proben und Unterlagen zu lagern.

Auch an Probanden hatte ich keinen Mangel, denn die Gruppe sorgte dafür, dass mir immer ausreichend Leute zur Verfügung standen. Janus erklärte mir, es handelte sich vielfach um Insassen von Heilanstalten, die hofften, auf diese Art ihre geistigen Fähigkeiten zu steigern.

Nach und nach weitete ich meine Untersuchungen auch auf Kinder aus. Als Janus das anregte, schreckte ich erst davor zurück. Experimente, um die Lage von erwachsenen Patienten zu verbessern, waren eine Sache. Diese Kinder waren aber noch zu jung, um von meinen Forschungen zu profitieren.

Janus entgegnete, dass es sich hierbei um Kinder aus unterprivilegierten Familien handelte, die durch ihr Umfeld negativ geprägt waren. Das Experiment sollte für sie eine Chance sein, ihren Verstand zu verbessern und damit im Leben weiter zu kommen.

Ja, Janus wusste, wie er mich zur Mitarbeit brachte. Da auch ich nicht gerade aus gut begütertem

Hause stammte, hatte ich natürlich ein besonderes Bedürfnis, diesen armen Kindern zu helfen.

So setzte ich unbeirrt meine Forschungen fort und war schließlich so weit, dass ich ein geeignetes Serum gefunden hatte, das man in entsprechender Dosis für alle Fälle anwenden konnte.

Freudestrahlend ging ich zu Janus und erzählte ihm, dass ich ein marktfähiges Produkt hätte. Er versprach, es der Gruppe vorzustellen.

Es vergingen Tage und Wochen. Immer wieder hakte ich nach und wurde vertröstet. Schließlich kam die Absage. Die Geldmittel würden anderweitig benötigt. Dies war jedoch, wie mir Janus später sagte, nur die ‚offizielle' Erklärung. In Wahrheit war es so, dass einige Gruppenmitglieder auf einmal ethische Bedenken angemeldet hatten und deshalb das Projekt ‚begraben' wurde.

Ich war fassungslos. Da ich nicht bereit war aufzugeben, wandte ich mich an verschiedene Pharmafirmen. Diese waren zwar alle sehr interessiert, wollten jedoch vorher natürlich die wissenschaftlichen Beweise für die Wirksamkeit meines Mittels haben.

‚Na, das darf doch kein Problem sein', dachte ich bei mir. Ich fragte Janus, wann das nächste Treffen der Gruppe sei, und kam dann mit, um die Ergebnisse abzuholen.

Schon beim Betreten des Saales merkte ich, dass etwas nicht stimmte. Die Mitglieder mieden meinen Blick, sahen zu Boden oder zur Decke. Dann kam der Vorsitzende auf mich zu. Er erklärte mir wortreich, dass es ihm unsagbar leidtue, aber ein Feuer hätte mein Lager verwüstet.

Ich konnte es nicht glauben, stürmte zur Tür, riss sie auf ... und sah nur noch Schutt und Asche. Alles war verbrannt, die Reagenzgläser mit den Proben geschmolzen und meine Aufzeichnungen nur noch verkohlte Fetzen.

Ich kämpfte mit den Tränen. Die Mühen monatelanger Arbeiten waren verloren. Da es nach den Statuten der Gruppe strikt untersagt war, Aufzeichnungen außerhalb des Forums zu lagern, hatte ich auch keine Duplikate mitgenommen, auf die ich zurückgreifen könnte. Doch schlimmer, es gab jetzt keine Möglichkeit mehr, mein Serum auf den Markt zu bringen. Selbst wenn ich es schaffte, die seitenlange Formel zu rekonstruieren, bei den Pharmafirmen stand ich als unzuverlässig da.

Janus legte mir in tröstender Geste den Arm um die Schulter, doch ich war am Boden zerstört.

6.

Ich brauchte lange, um mich von diesem Schlag zu erholen. Miranda und Stella taten alles, um mich aufzumuntern, aber ihre Bemühungen trugen nur sehr langsam Früchte.

Ich stürzte mich voll in die Behandlung meiner Patienten, versuchte jedes ihrer Leiden, einschließlich der eingebildeten, zu kurieren, und war bald nur noch ein Schatten meiner selbst.

Und was das Schlimmste war, ich begann wieder, meine Familie zu vernachlässigen.

Eines Tages nahm Janus mich beiseite und sagte mir, dass ich dringend einmal Urlaub bräuchte. Er würde kommende Woche beruflich nach Rom fliegen und sich sehr freuen, wenn Miranda, Stella und ich ihn begleiten. Titania, Esmeralda und Justus könnten leider nicht mitkommen, da sie bei Titanias Schwester eingeladen wären. Er hätte sich auch schon erlaubt, für uns Flug und Hotel zu buchen.

So gerne ich mitgekommen wäre, ich musste absagen, denn ich hatte gerade ein Projekt meiner eigenen Gruppe am Laufen, das keinen Aufschub duldete. Das hatte ich Janus zwar schon vor seiner Einladung erzählt, aber er hatte es wohl vergessen, wie ich damals glaubte.

Da ich jedoch Miranda und Stella den Spaß nicht verderben wollte, schlug ich ihnen vor, dass sie beide mit Janus mitfliegen sollten. Die Stadt war wirklich sehenswert und von mir hätten sie in dieser Woche ohnehin nicht viel gehabt.

Miranda zögerte erst. Als sie jedoch Stellas bittende Augen sah, konnte sie nicht Nein sagen.

Wie wünschte ich mir doch später, diese Reise hätte niemals stattgefunden.

Als Miranda und Stella wieder zurückkamen, war Miranda nicht mehr die alte. Sämtlicher Glanz war aus ihren Augen gewichen, ihr Blick war leer und stumpf geworden. Ich schob das anfangs auf ein Virus, das gerade in Italien grassierte und mit dem sich auch Miranda infiziert hatte. Aber auch, als die übrigen Symptome abgeklungen waren, änderte sich ihr Blick nicht. Und schlimmer noch, sie ließ mich nicht mehr an sich herankommen. Sie zuckte vor jeder Berührung zurück und erklärte das mit ihrem Nervenkostüm, das durch ihre Krankheit arg gelitten habe.

Oft fand ich sie, wenn ich abends von der Arbeit heimkam, in ihrem Schaukelstuhl. Sie summte leise vor sich hin und hielt Stella in enger Umklammerung.

Ich versuchte, Stella Mutter und Vater zugleich zu sein, und war deshalb sehr froh, dass sie tagsüber zusammen mit den Kindern von Janus spielen konnte und so, wie ich dachte, gut aufgehoben war.

7.

Eines Abends, als Miranda vor mir im Schlafzimmer stand, merkte ich, dass sich ihr Bauch vergrößert hatte.

Ich schob es auf ihre mangelnde Bewegung und dachte mir nichts weiter dabei. Ich hoffte, sie würde eines Tages selbst beginnen, wieder wie früher Spaziergänge im Park zu machen und Fahrrad zu fahren. Ich hatte in der letzten Zeit häufig versucht, ihre Freude an der Natur wieder zu wecken, aber sie meinte, sie bräuchte noch Zeit.

Wochen und Monate vergingen und da es Winter wurde, schob ich das weitere Zunehmen ihrer Leibesfülle auf die dicken Pullover, in denen sie sich verkroch.

Am Abend des 24. Dezembers wurde ich von ihren markerschütternden Schreien aufgeschreckt.

Ich hatte gerade den Christbaum geschmückt, um Stella ein schönes Fest zu bereiten und durch die Erinnerungen an Weihnachten vielleicht auch Mirandas Lebensgeister wieder zu wecken.

Ich eilte die Treppe hinauf und mir bot sich ein Bild des Grauens. Miranda lag in ihrem Bett, umgeben von Blut und inmitten des Blutes lag ein winziges Etwas, das heftig strampelte.

Stella kniete neben ihrer Mutter, hielt deren Hand und weinte hemmungslos.

Ich fühlte Mirandas Puls. Er schlug nicht mehr. Sie war tot.

Ich nahm das Baby, untersuchte es kurz, packte es dann in eine Decke und legte es in den Sessel neben dem Bett.

Dann hob ich Stella auf und führte sie aus dem Zimmer. Sie ließ sich widerstandslos mitnehmen, ihre Bewegungen glichen denen eines Roboters.

Ich rief Janus und Titania an, die sich gleich um Stella und das Baby kümmerten.

Dann benachrichtigte ich das Leichenhaus, dessen Mitarbeiter alles Weitere veranlassten.

Ich weiß, dass diese Zeilen sehr emotionslos und kühl klingen, aber sie spiegeln genau das wieder, was ich damals in diesen Augenblicken empfand. Meine medizinische Präzision hatte die Führung übernommen und mich so davor bewahrt, bei dem Anblick im Schlafzimmer durchzudrehen.

Trauern konnte ich in diesem Moment nicht.

Arzt, der ich war, begann ich, zu rechnen. Das Kind hatte die normale Größe, war also keine Frühgeburt.

Es musste damit vor neun Monaten im Frühjahr gezeugt worden sein. Und genau das war der Knackpunkt. In dem infrage kommenden Zeitraum war ich mit dem Projekt für meine Gruppe sehr beschäftigt gewesen. Unser Eheleben hatte darunter erheblich gelitten.

Es traf mich wie ein Donnerschlag. Das Kind konnte nicht von mir sein.

Während ich noch hin und her überlegte, betrat Janus den Raum. Er hörte sich meine Vermutungen an und meinte dann, dass ich doch die Sache auf sich beruhen lassen sollte. Miranda hatte mich geliebt – und ich sie. Ich sollte meine Erinnerung an sie nicht durch diesen kleinen Makel zerstören lassen.

Für mein schmerzverzerrtes Hirn klangen seine Worte vernünftig. Ich ging zu Mirandas Bett, beugte mich zu ihr nieder und sagte ihr, dass ich sie immer lieben würde, egal was gewesen sei. Dann küsste ich ihre kalten Lippen.

8.

Es war, wie Janus gesagt hatte. Dadurch, dass ich Miranda ihren ‚kleinen Fehltritt' verziehen hatte, konnte ich um sie trauern und daraus Kraft schöpfen.

Zu ihrem neugeborenen Kind jedoch vermochte ich keine Beziehung aufzubauen. Stets würde es mir als Frucht des Fehltritts vor Augen stehen und ich wusste, ich würde es das auch spüren lassen.

Deshalb war ich froh, als sich Janus und Titania anboten, die kleine Kassandra zu sich zu nehmen. Sie hatten Platz für ein weiteres Kind und es hätte gleich noch zwei ‚Geschwister', die sich um es kümmern würden.

Damals ahnte ich nicht, aus welchen Beweggründen Janus Kassandra aufnahm und welche Wahrheit in dem Wort ‚Geschwister' wirklich lag.

Da Kassandra gut untergebracht war, konnte ich mich mit all meiner Energie um Stella kümmern. Das Entsetzliche, das sie mit ansehen musste, hatte ihr das Herz gebrochen und ihren Verstand getrübt.

Sie starrte den ganzen Tag auf einen Punkt, den nur sie wahrnehmen konnte und nachts weinte sie oft. Sie wurde auch von schlimmen Albträumen geplagt.

Ich war so ratlos, dass ich mir wünschte, ich hätte noch etwas von dem Serum, das ich damals im Auftrag von Janus` Gruppe entwickelt hatte.

Als ich Janus drauf ansprach, meinte er, dass ich vielleicht Glück hätte. Eines der Mitglieder hätte wohl ein Fläschchen davon für den Fall seiner späteren Demenz mit nach Hause genommen. Er sei aber zwischenzeitlich bei einem Autounfall ums Leben gekommen.

Einige Tage später kam Janus mit der freudigen Botschaft. Das Serum sei tatsächlich noch vorhanden. Ich sollte mit Stella am nächsten Sonntag ins Forum kommen. Dort könnte ich ihr in meinem renovierten Labor die Injektion verabreichen.

Ich kam zum vereinbarten Termin und führte Stella ins Laboratorium. Mit großen Augen starrte sie auf die Instrumente und umklammerte meine Hand fest mit der ihren.

Ich hob sie auf den Stuhl und nahm von Janus die Spritze entgegen. Ich zog diese auf, sie schimmerte in der gleichen Bernsteinfarbe wie all die anderen, die ich bisher bei meinen Probanden gesetzt hatte. Ich desinfizierte die Haut an der geplanten Einstichstelle und setzte mit ruhiger Hand die Spritze an. Stella ließ es widerstandslos geschehen.

Eine Zeit lang schien alles normal zu verlaufen. Doch plötzlich färbte sich ihr Gesicht gräulichgrün, ihr ganzer Körper schwoll an und sie begann, wie irr zu zucken und unartikulierte Schreie auszustoßen.

Dann sackte sie in sich zusammen. Meine herbeigeeilten Medizinerkollegen taten alles, um mir bei

Stellas Rettung zu helfen. Doch vergeblich. Sie war tot.

Wie ich später erfuhr, hatte ich meine eigene Tochter hingerichtet.

9.

Dem Wahnsinn nahe, vergrub ich mich in meine Arbeit. Die Forumsgruppe hatte mir mein altes Labor wiedergegeben, das ich nicht einmal zum Essen und Schlafen verließ.

Ich schrieb wie besessen ein Buch nach dem anderen und entwickelte auf Bestellung die irrwitzigsten Mixturen.

Ich fragte nicht, was damit geschah. Es lenkte mich ab. Mehr zählte nicht.

10.

Jahre später geschah jedoch etwas, was keines der Gruppenmitglieder vorhergesehen hatte. Einer der Boten brachte mir die falsche Akte. Es waren nicht die Daten eines Versuches, sondern die Mitgliedsakte von Janus mit seinen persönlichen Aufzeichnungen.

Was ich dort las, raubte mir den Atem:

Janus war der Vater von Kassandra. Er hatte Mirandas Einsamkeit in Italien ausgenutzt und sie verführt. Nicht aus Liebe, sondern um einmal mehr seine Macht über ‚geringere Lebewesen' zu erproben. Vor dem Rückflug hatte er ihr triumphierend sein wahres Motiv erklärt. Und sie war daran zerbrochen.

Sie hatte aus Angst vor meiner Reaktion geschwiegen. Was musste sie während der Schwangerschaft ausgestanden haben. Und ich hatte ihr nicht helfen können, weil ich es nicht wusste. Nur mein kaltes Forscherhirn brachte mich dazu, weiterzulesen. Das nächste Kapitel handelte von Stella. Janus hatte seine auf dem Homo-mensura-Satz basierende These dahin gehend erweitert, dass ein Mensch auch über Leben und Tod seiner Mitmenschen entscheiden konnte, wenn er nur von größerem Verstand war als sie. Dass er bereit war, diese These bis zur letzten Konsequenz zu beweisen, hatte er an Stella bewiesen.

Das Mittel, das ich ihr injiziert hatte, war nicht das von ihm behauptete Serum, sondern ein Gift, das sie qualvoll tötete.

Mein erster Impuls war aufzustehen, zu Janus zu fahren und ihn zu erschießen. Aber das wäre noch viel zu human für ihn gewesen. Er sollte genau so leiden, wie ich seit dem Verlust meiner beiden liebsten Menschen leide.

Nachdem ich mir jede Einzelheit von seiner Akte eingeprägt hatte, brachte ich sie zurück ins Archiv und holte mir dafür die, die ich eigentlich angefordert hatte. Ich legte sie auf den Schreibtisch und verließ das Labor. So blieb mein Wissen den anderen Mitgliedern verborgen.

11.

Die nächsten Wochen arbeitete ich an meinem Racheplan. Alles musste genau vorbereitet werden, damit ich nicht entdeckt wurde, bevor der letzte Teil erledigt war.

Ich würde in der gleichen Reihenfolge vorgehen, die auch Janus gewählt hatte. Erst seine Frau Titania, dann seine Tochter Esmeralda.

Dass die beiden Frauen am Tod meiner Liebsten unschuldig waren, war zwar bedauerlich, hielt mich aber nicht von meinen Plänen ab. Janus hatte bei seinen Taten keinerlei moralische Skrupel gezeigt und so konnte auch ich sie mir jetzt nicht leisten. Dafür hatte ich dann den Rest meines Lebens Zeit.

Ich begann, wieder Kontakt zu Janus und seiner Familie zu suchen, und bald ging ich in ihrem Hause ein und aus.

Ich verbrachte viel Zeit mit Titania, da sie aufgrund eines Kreuzleidens intensive Therapie benötigte. Eine Affäre mit Titania kam für mich allerdings nicht in Betracht, weil ich dadurch Mirandas Andenken beschmutzt hätte. Ich begann deshalb, Titanias Tod vorzubereiten. Tatort sollte das Badezimmer sein, in welchem sie immer ausgiebige Entspannungszeremonien abhielt. Ich hatte geplant, sie zu ertränken. Das war realistisch, da sie oftmals in der Wanne einschlief und schon einmal dabei fast das Zeitliche gesegnet hatte.

Als es so weit war, zog ich meine schwarzen Lederhandschuhe an und öffnete vorsichtig die Badtür. Titania war jedoch nicht allein, sondern zusammen mit Kassandra, die sich gerade die Haare föhnen wollte. Kassandra war vom Anblick meiner Handschuhe in der Tür so erschrocken, dass sie den Föhn im hohen Bogen in die Wanne fallen ließ und so die von mir geplante Tötung Titanias vollzog.

Ich zog mich diskret zurück. Als Janus Titania fand, trieb sie mit dem Föhn in der Badewanne. Es sah aus wie ein Selbstmord und ich ließ ihn in dem Glauben. Auch auf ihren Totenschein schrieb ich nichts anderes.

Ironie des Schicksals war es, dass Kassandra sich ausgerechnet mir anvertraute. Ich riet ihr, nichts von ihrem ‚Missgeschick' zu verraten, da man sie sonst verdächtigen könnte.

Während seiner Trauerzeit stand ich dem Witwer als ‚Freund' natürlich ebenso zur Seite, wie er es damals für mich getan hatte. Dass ich die Tötung Titanias nicht eigenhändig erreicht hatte, wurde mir mit den Jahren immer mehr zum persönlichen Makel. Deshalb holte ich schließlich den Föhn aus der Abstellkammer von Janus` Haus und warf ihn in den nahe gelegenen Fluss. So hatte ich zumindest symbolisch den Akt noch durchgeführt.

12.

Als das Trauerjahr für Titania vorbei war, heiratete Janus erneut. Für ihn war dies die Möglichkeit, wieder die Fassade einer glücklichen, vollständigen Familie zu errichten.

Die Kinder dagegen schafften es nicht wirklich, mit ihrer Stiefmutter warm zu werden. Sie wurde von ihnen im Haus geduldet, mehr aber auch nicht. Da ich nicht wusste, ob sich das Problem Andromeda schnell von selbst erledigen würde, wartete ich noch ab, bis ich über ihr weiteres Schicksal entschied.

13.

Als Nächste stand Esmeralda auf meiner Liste. Sie war zu einer schönen jungen Frau herangewachsen. Fast tat es mir leid um sie. Dann dachte ich an Stella, die jetzt auch in ihrem Alter gewesen wäre und mein Mitleid verflog.

Da Selbstmord die wenigsten Untersuchungen nach sich zog, entschied ich mich bei Esmeralda für diese Methode. Doch was sollte eine junge Frau in den Suizid treiben? Das Wissen um eine tödliche Krankheit, die drohte, erst ihre Schönheit zu zerstören und sie dann innerlich und äußerlich zu zerfressen.

Nach der nächsten von mir durchgeführten Untersuchung teilte ich ihr die tragische Diagnose mit. Ein Muttermal, das sie von Geburt an neben dem rechten Nasenflügel hatte und selbst immer als ‚Schönheitsfleck' bezeichnete, sei bösartig geworden und habe Metastasen gebildet. Ich gaukelte ihr vor, nur noch eine kurze Zeit vor sich zu haben, das meiste hiervon unter unerträglichen Schmerzen.

Sie zog sich einige Tage in sich selbst zurück, um die Nachricht zu verdauen. Dann bat sie mich, ihr Schlaftabletten zu geben. Ich überließ ihr eine große Packung, zusammen mit einem Mittel gegen Übelkeit, das bewirken sollte, dass sie die Dosis auch im Körper behielt.

Zum Trost überreichte ich ihr noch eine weiße Lilie, die sie auf ihr Nachtkästchen stellte.

Am nächsten Tag wurde sie von Kassandra gefunden. Sie sah aus, als ob sie schlief, und hielt die Lilie in den Händen.

Ich stellte den Totenschein aus und tröstete Janus, den trauernden Vater.

14.

Nun war es an der Zeit, sich um Andromeda zu kümmern, die sich hartnäckiger hielt, als ich es gedacht hatte.

Ich begann, mich öfters bei ihr sehen zu lassen, und fand schnell heraus, dass sie in ihrer Ehe mit

Janus alles andere als glücklich war. Sie fühlte sich wie in einem goldenen Käfig, aus dem sie sich am liebsten befreien wollte.

Es gab jedoch einen Punkt, der gegen eine Scheidung ihrerseits sprach: das liebe Geld. Sie kam aus einfachen Verhältnissen, hatte sich an den Luxus gewöhnt und wollte ihn auf keinen Fall mehr missen.

Die ganze Situation machte ihr derartig zu schaffen, dass sie depressiv wurde. Als vorbildlicher Hausarzt begann ich natürlich gleich, dem entgegenzuwirken. Janus bat mich, dafür zu sorgen, dass sie ihren inneren Frieden wiederfand.

Wie konnte ich diese Bitte eines ‚alten Freundes‘ abschlagen?

Ich fing an, ihr leichte Psychopharmaka zu verabreichen, die der Aufhellung ihrer Stimmung dienen sollten.

Dann ging ich in eine Buchhandlung und kaufte alle Bücher, die Justus über Giftpflanzen geschrieben hatte. Ich brachte sie ihr mit und sie begann, diese fleißig zu studieren.

Eines Tages wurde ich ins Haus gerufen, um Janus` Tod zu bestätigen. Ich erkannte sofort, dass dies durch ein Pflanzengift geschehen sein musste. Aber warum die Dinge unnötig verkomplizieren? Ich schrieb also Herzversagen auf den Totenschein, in seinem Alter nichts Ungewöhnliches.

Damit hätte alles erledigt sein können, wenn nicht Andromeda plötzlich begonnen hätte, Zwiesprache mit ihrem Gewissen zu halten. Sie begann sogar Justus des Mordes an Janus zu bezichtigen, bloß weil dieser sich mit Giftpflanzen auskannte. Ihr Zustand verschlimmerte sich derartig, dass ich befürchten musste, sie könnte sich der Polizei stellen und dadurch womöglich auch mich verraten.

Deshalb änderte ich die Zusammensetzung und Dosierung ihrer Medikamente. Das versetzte sie in einen nahezu durchgehenden Trancezustand, in dem sie von Lilien sang und ihren Spiegel zertrümmerte. Dies alles zusammen führte dann auch zu ihrem Tod.

15.

Was aber sollte mit Justus passieren? Ursprünglich hatte ich mir offen gehalten, auch ihn zu beseitigen, da ich Janus` gesamte Familie ausrotten wollte. Justus hatte sich jedoch schon früh von seinem Vater distanziert. Er lebte sein eigenes Leben und war weder auf Janus` Geld noch auf sein Wohlwollen angewiesen.

Auch beruflich hatte er eine völlig andere Richtung eingeschlagen.

Das alles imponierte mir, sodass ich froh war, dass mit Janus` Tod auch eine Tötung von Justus sinnlos geworden war.

Möge er mit seiner Bianca das Glück finden, das mir verwehrt geblieben ist.

16.

Blieb nur noch Kassandra. Bei ihr war ich lange im Zwiespalt. Einerseits hasste ich sie dafür, dass bei ihrer Geburt Miranda gestorben und Stella dem Stumpfsinn verfallen war. Andrerseits war sie der einzige Mensch, in dem Miranda noch weiter lebte.

Ich begann, ein fast besessenes Interesse an ihr zu entwickeln. Ich beging Einbrüche und Diebstähle, um an ihre Tagebücher und Briefe zu gelangen. Ich beobachte sie, wo ich nur konnte.

Dann wiederum hatte ich Phasen, in welchen ich alles dafür gegeben hätte, sie zu töten.

Während einer solchen Phase hätte ich mich auch beinahe an Andromeda verraten. Sie hatte mich beobachtet, wie ich Kassandra folgte. Später sah sie noch, wie ich ihre Sachen durchsuchte. Zu meinem großen Glück hatte ich damals jedoch meinen breiten Hut und die schwarzen Lederhandschuhe getragen. Dies führte dazu, dass Andromeda alles unternahm, um ihre Stieftochter vor dem Unbekannten zu schützen. Schließlich gelang es ihr sogar, Janus zu überreden, Kassandra aus dem Haus zu werfen.

Doch selbst, wenn Kassandra eines Tages zurückkehrt, um ihr Erbe anzutreten, hat sie von mir nichts mehr zu befürchten. Denn der Brief, mit dem sie sich von Janus losgesagt hat, hat mir gezeigt, dass sie ihm das einzige Gefühl entgegenbringt, das er verdient: Verachtung.

17.

Fast hätte ich ein Mitglied aus Janus` Haushalt vergessen, das mir äußerst hilfreich gewesen ist. Mathilde, die Haushälterin.

Janus hat sie immer von oben herab behandelt und sie war ihm deshalb nicht sonderlich zugetan.

Ich brauchte zwar ein kleines Druckmittel, um sie zur Mitarbeit zu bewegen. Doch die Sorge um ihren kranken Bruder, der sich in einem von mir betreuten Krankenhaus von einer schweren Sturzverletzung erholte, ließ sie schnell kooperieren.

Mathilde lieferte mir all die Informationen, die ich brauchte, um zur rechten Zeit am richtigen Ort zu sein.

Sie war allerdings auch immer sehr um Kassandras Sicherheit besorgt, weswegen ich sogar meine Drohung wiederholen musste.

Mathilde war es auch, die auf mein Geheiß gewisse Gegenstände in die Pfandleihe brachte. Ich hätte die Sachen zwar auch direkt aus Janus` Haus mitnehmen können, hielt es aber für besser, meine Spuren etwas zu verwischen.

Schreibmaschine und Siegelring wollte ich mir sichern, um eventuell später Schriftverkehr von Janus fälschen zu können.

Noch mehr gelegen war mir an Teeservice und Kamm. Sie waren Familienerbstücke von Miranda, die sie Titania und Esmeralda aus Freundschaft zum Geschenk machte. Dass ich sie nicht zurückholen konnte, war schmerzlich, spielt aber letztendlich keine Rolle mehr.

Nachdem ich Mathildes Dienste nicht mehr benötigte, beginnt sie jetzt mit ihrem wieder genesenen Bruder ein neues Leben auf einer Südseeinsel. Eine durchaus angemessene Belohnung für ihre Hilfe.

Um es jedoch ausdrücklich klarzustellen: In die Morde selbst war sie nicht eingeweiht.

18.

Meine Angelegenheiten sind geregelt, meine weltlichen Besitztümer verteilt.

All die Schriftstücke, die ich für meine Recherchen gesammelt habe, Janus` Aufzeichnungen und Kassandras Tagebücher überlasse ich Justus. Er wird wissen, was er damit zu tun hat.

Wenn diese Zeilen auch nur einem Menschen die Augen öffnen, was ein gewissenloser Verbrecher anrichten kann, dann war es der Mühe wert, sie zu schreiben.

Meine Zeit ist nun gekommen, mich aus dieser Welt zu verabschieden. Der Rest ist Schweigen.'

Der Doktor zog das letzte Blatt aus meiner Walze und legte es auf den Stapel, der im Laufe der vergangenen Stunden unaufhaltsam gewachsen war.

Dann nahm er eine kleine Spritze aus der Manteltasche, betrachtete einige Sekunden die bernsteinfarbige Flüssigkeit, setzte die Nadel an seinen Arm und drückte ab.

Kurze Zeit später war alles vorbei.

EPILOG

JUSTUS UND BIANCA

Hand in Hand spazierten Justus und Bianca durch die *Ewige Stadt*. Vorbei an Kirchen, Statuen und Wasserspielen. Es war ein wundervoll sonniger Tag, an dem man die Seele baumeln und die Gedanken schweifen lassen konnte.

Bald hatten sie den *Piazza di Minerva* erreicht. Sie betrachteten den kleinen Elefanten am Brunnen. Es schien, als würde ihnen der Obelisk zublinzeln.

Sie gingen zu einem der malerischen Häuschen, die den Platz umsäumten, sperrten die Tür auf und verschwanden im Inneren. Kurze Zeit später öffnete sich die Balkontür und Justus trat heraus.

In der Hand trug er eine alte Schreibmaschine, die auf den Namen Athene hörte und die es Bianca besonders angetan hatte. Deshalb hatte er sie aus dem kalten deutschen Winter nachkommen lassen.

Und auch Athene schien sich hier wohlzufühlen, denn ihre Tasten klapperten munter vor sich hin.

Ab und an schien sie einen Blick auf den Elefanten zu werfen und ihm etwas zuzurufen, aber das war natürlich reine Fantasie …

Danksagung

Ein Buch schreibt sich nicht von allein – und auch nicht alleine. Denen, die mich dabei unterstützt haben, gilt mein großes Dankeschön.

Insbesondere möchte ich nennen:

die Mörderischen Schwestern (Vereinigung deutschsprachiger Krimiautorinnen) und hier namentlich Christiane, Jay, Jennifer und Nicole;
  meine Lektorin Anja;
  meine literarischen Freunde und Wegbegleiter Arwed, Stephan und Theobald;
  Gabriele und Helena für die kreative Unterstützung bei der Neuauflage;
  Miró für die inspirative Zeit in Rom, die durchaus in den Text mit eingeflossen ist;
  das Team vom Schreibmaschinenmuseum Peter Mitterhofer in Partschins;
  meine Eltern, die mich mit Büchern – und Schreibmaschinen – aufwachsen ließen und meine Kreativität gefördert haben;
  meinen Lebensgefährten, der mich stets unterstützt und motiviert hat;

… und natürlich Athene, meine alte Schreibmaschine, ohne die diese Geschichte nicht möglich gewesen wäre.